PSYCHO-PASS LEGEND

執行官 狡噛慎也

理想郷の猟犬《ユートピア・ハウンド》

a novel based on
PSYCHO-PASS original series

Written by
Makoto Fukami

深見真

原作 PSYCHO-PASS サイコパス

MAG Garden

「じつは、ユートピアの話をするほど私にとっても嬉しいことはないのです。まだ一切のことが鮮やかに心に残っているのです。しかしいざ話をするとなりますと、暇がかかりますが。」

トマス・モア著『ユートピア』（平井正穂訳、岩波文庫）

Enforcer SHINYA KOGAMI

<< <

クレジット

Original Character Concepts
天野明

Character Design
浅野恭司

Illustration
Production I.G

Color and Finishing
網野和明 (Nitroplus)
三浦由記子 (Nitroplus)
峯松芽夢 (Nitroplus)
柳沼宏美 (Nitroplus)

Book Design
シンシア (Nitroplus)

Original Logo Design
草野デザイン事務所

Proof Reading / Revision
鷗来堂

Special Thanks
サイコパス製作委員会
コミックブレイド編集部
斎夏生
後藤みどり
吉上亮

PSYCHO-PASS LEGEND

執行官 狡噛慎也

理想郷の猟犬《ユートピア・ハウンド》

a novel based on
PSYCHO-PASS original series

Written by
Makoto Fukami

目次

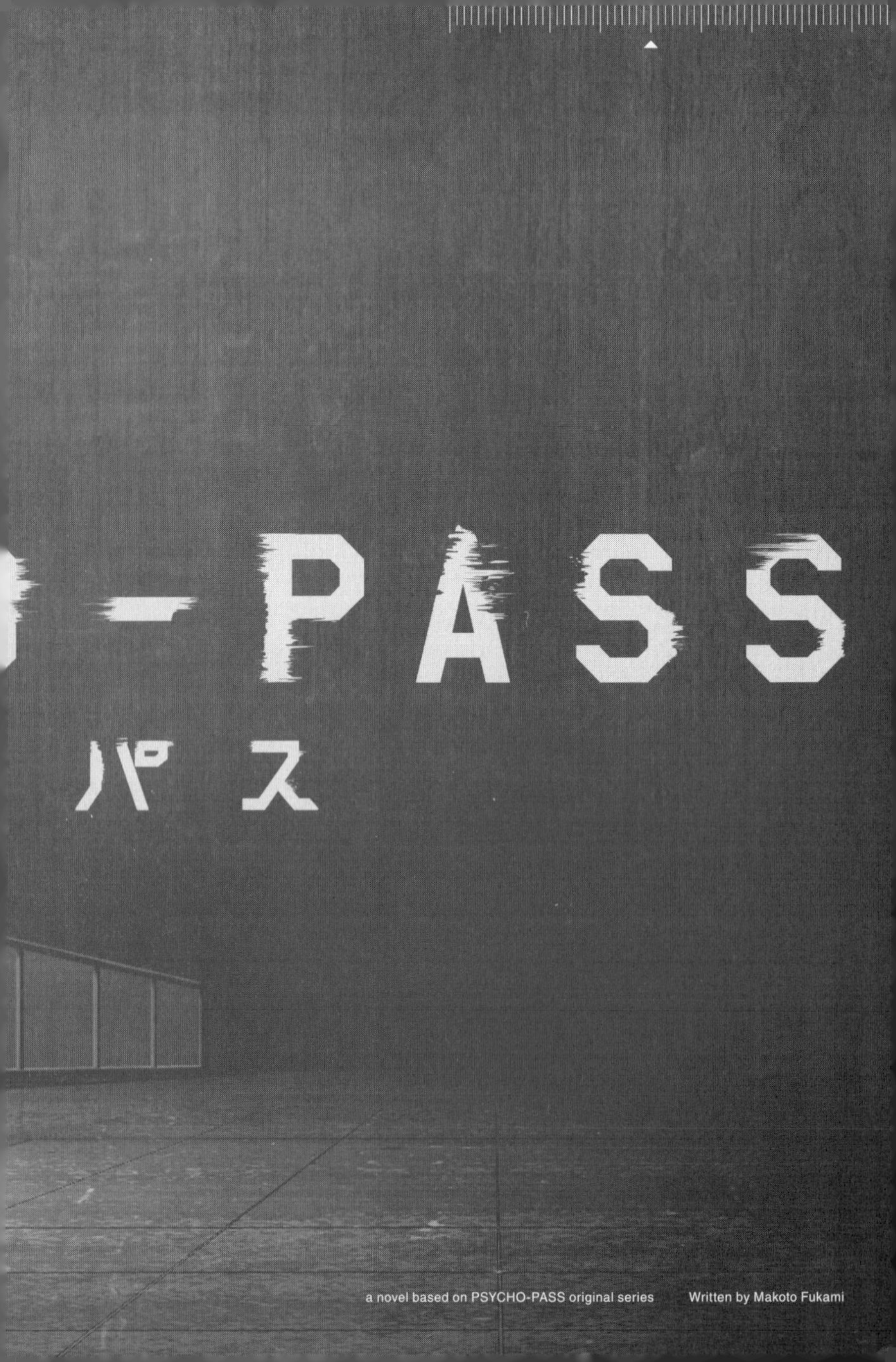
-PASS
パス
a novel based on PSYCHO-PASS original series
Written by Makoto Fukami

PSYCHO-PASS LEGEND

執行官

狡噛慎也 理想郷の猟犬《ユートピア・ハウンド》

人体の生体場を解析するサイマティックスキャンにより、人間の精神状態は機械装置で測定されるようになった。

善人か悪人か、数値を見ればわかる。


犯罪係数の概念。


犯罪係数が規定値を超えれば、いわゆる潜在犯として逮捕、隔離される。実際に犯罪をする前に、九割近くの犯罪者は処分される。

それでも、例外的に目的を達成し、逃亡を開始する犯罪者もいる。そういった犯罪者を追跡するために、厚生省公安局という形で警察機構は存続した。

しかし、そこに矛盾が生じる。

犯罪係数が高い人間を処理するためには、同じく犯罪係数が高い人間のほうが適しているという。矛盾。

毒をもって毒を制す――。

潜在犯の刑事、執行官の誕生だ。

その一人、狡噛《こうがみ》慎也《しんや》。

かつては執行官を指揮する立場――監視官――だった男。

執行官と監視官が所属する治安維持機関、公安局刑事課。

潜在犯を摘発し、登録住民のストレスを徹底的に管理し、メンタルケアを行うのは厚生省の包括的生涯福祉支援機構――シビュラシステム。

測定された精神状態の通称――サイコ《PSYCHO》＝パス《PASS》。

シビュラシステムが確立して以降、犯罪による死傷者は激減。

この街はまさに理想郷になったと人は言う。

公安局の刑事たちは、理想郷に潜んだ悪意に対応する。

Characters

狡噛慎也《こうがみしんや》

厚生省公安局刑事課一係の執行官。元監視官。ハウンド3。

常守朱《つねもりあかね》

厚生省公安局刑事課一係の新米監視官。シェパード2。

征陸智己《まさおかともみ》

厚生省公安局刑事課一係のベテラン執行官。ハウンド1。狡噛とは三係監視官だったころからの付き合い。

縢秀星《かがりしゅうせい》

厚生省公安局刑事課一係の執行官。ハウンド4。

昏田尚人《くらたなおと》

狡噛が刑事課三係監視官だったころの執行官。

宜野座伸元《ぎのざのぶちか》

厚生省公安局刑事課一係の監視官。シェパード1。狡噛とは同期。

和久善哉《わくよしとし》

狡噛が刑事課三係監視官だったころの先任監視官。

織部滷摩《おりべろま》

スポーツ・トレーニング・カウンセリング・センターのオーナー。

■六合塚弥生《くにづかやよい》
厚生省公安局刑事課一係の女性執行官。ハウンド2。

■唐之杜志恩《からのもりしおん》
公安局総合分析室の分析官。捜査活動をサポートする。

■真流賛《まるたすく》
狡噛が刑事課三係監視官だったころの分析官。

■花表翼《はないつばさ》
狡噛が刑事課三係監視官だったころの女性執行官。

■天利陽名《あまりひな》
狡噛が刑事課三係監視官だったころの女性執行官。

■槙島聖護《まきしましょうご》
狡噛と因縁がある謎の男。奇妙な連続殺人・未解決事件の背後に潜む。

初めてあの男に会ったとき、自分をバラバラに分解されたように感じた。

あの男の目には、数学者が方程式を解くような知的な輝きがあった。

身長、体重、体脂肪率、犯罪係数——俺は、単純な「数字《ナンバー》」の羅列として分析されていたのではないか。


シビュラシステムによって、俺たちは数字として管理されている。

社会にとってどれほど有用か、社会にとってどれほど危険か。

すべてが数字上の問題だ。

マキシマをあげるためならどんな手段をとってもいい、と思った俺もシステムにとっては危険な数字になった。


数字は人の命を救う。

中世ヨーロッパで強力な伝染病——ペストが大流行したとき、それを封じこめたのは医学ではなく統計学の力が大きかった。
数字が医学、科学、社会の発展を支えてきた。
当然、逆もある。
数字は人の命を奪う。
身近な人間の死はたとえひとりでも悲劇だ。
しかし百万人の死は、感情を超えて統計の問題になる。

＊

――二一一二年、一一月。

公安局の刑事は、監視官と執行官がセットで動く。この日、狡噛慎也は、新人監視官の常守朱《つねもりあかね》の下につくことになった。この組み合わせは別に固定というわけではないが、なぜか上手くいきそうな予感がある。
もしかしたら、新人には狡噛をつけておけば安心――そんな考えが上層部にはあったのかもしれない。なにしろ狡噛は「元・監視官」だ。監視官の気持ちがわかる、という意味ならこれ以上の適任は他にいない。

「どうしたんですか、狡噛さん?」

自動運転中の車内で、常守が話しかけてきた。

助手席の狡噛は「いや、別に……」と答えて、視線を車窓の風景から常守に動かす。

不思議な女性だ、と思う。

彼女の着任初日、ドミネーターのパラライザーで撃たれたことが遠い昔のことのようだ。実際は、まだそれほど時間が経過しているわけでもないのに……。あの出来事は、まるでいい思い出のように狡噛の胸に刻まれた。

交通管制センターとリンクした人工知能を持つスマート・パトカーが、東西を横断する国道を進んでいく。パトカーは目的地の世田谷区を目指している。

「昔は渋滞、ってのがあったそうだ」

狡噛は言った。なんとなく雑談をしたい気分だった。

「教科書で読んだことあります」と常守。「おまけに『交通故障』じゃなくて、『交通事故』だったとか」

現在、ほとんどの車両は交通管制センターの無人運転システムとリンクが構築してある。色相チェックする街頭スキャナと無人運転システムによって、「不注意で車が人をはねる」

事故は激減した。数メートル先で飛び出してきた犬猫にさえ対応できる、高度な自動緊急ブレーキ《AEB》の成果。それでも、ごくたまに整備不良や部品の突発的な破損などによって、車が人を負傷させることがある。そういうケースは「交通故障」という。

シビュラシステムと同じだ。高度な計算が、人の命を救う。

システム導入前は、酒を飲んで自動車を運転するという、信じられないことをする人間がそれなりにたくさんいた。事故を起こしたらどうするつもりだったのだろう……？　現在そんな人間は潜在犯として摘発されるし、アルコールの摂取はそもそもシステムにあまり推奨されていない。過度な飲酒はほぼ禁止されていると言っていい。

「交通事故も、言葉としては一応残ってるけどな……とっつぁんとかは今でもそう言うだろ」

とっつぁん――同僚のベテラン刑事、征陸《まさおか》執行官のことだ。

「世代の違いを感じますよね」

世代が違う。その通り。そういえば征陸はすでに執行官の身なので、飲みたいときに飲みたいように酒を飲んでいる。

「刑事課最年長だよ」

「征陸さんのこと『とっつぁん』っていうのなんかカッコいいです」

「そうか？」

「信頼感がにじみ出てるというか」

「ふぅん……」

「私も、いつか呼んでみたいな……『とっつぁん、どんな現場だ？』って」

それを聞いてこらえ切れず、狡噛は「ぷふっ！」とふき出した。

「あ！　笑いましたね！」

「悪い……あまりに似合ってなくてな」

「いいですよ……そのうち、乱暴な言葉づかいが似合うタフな刑事になって狡噛さんを見返します」

「ああ……」狡噛は目を細める。「その日を楽しみにしてるよ」


事件現場は、世田谷区の商業地区にある大きな図書館だった。出入口はすでに、こけしのような公安局のドローンによって封鎖されている。

図書館の駐車場に、スマート・パトカーと執行官護送車がとまっていた。護送車は、主にふたり以上の執行官を現場に連れて行くときに使われる。――とはいえ、執行官との移動にどんな車を使うかは、監視官の権限で融通がきく。

「来たか」

狡噛の同期――宜野座《ぎのざ》監視官が先に到着していた。

狡噛と宜野座は学生のころからの付き合いだが、今では立場が違う。猟犬と、その飼い主。宜野座はどうでもよさそうに狡噛を一瞥したあと、常守に向けて「奇妙な現場だ」と言った。

常守は首を傾げて、

「奇妙……ですか？　ひどい死体とか？」

「ひどいといえばひどいが、凄惨《せいさん》さより奇妙さが目立つ」

宜野座はメガネの位置を正し、建物の方向をあごでしゃくる。

「現場に行けばわかる」

巡査ドローンに携帯端末でＩＤを示し、常守と狡噛は図書館に入った。

図書館――といっても、電子書籍化が進んだ今では、古書保管庫といったほうが正しい。ただし、色相の悪化に影響があるとシビュラシステムに判断された本はすべて撤去されている。狡噛はそういった情報規制はあまり好きではない。

書架には、小型の気密性ケースが大量に並んでいた。図書館ではなく貸し金庫室のようにも見える。

図書館の二階、その一番奥――。関係者以外立ち入り禁止のホロテープがはられた向こう側に、宜野座が言っていた「現場」があった。気密性ケースの引き出しが数十個ほど開けっぱなしになっていて、それを鑑識・証拠収集用の昆虫型マイクロ・ロボットが調査している。

引き出しを覗きこんで、常守が眉間にしわを寄せた。

「なんなんですか……これ……？」

本来なら貴重な古書を収めておくべき場所に、真っ赤なゼリーがみっちりと詰まっていた。やや黒っぽい赤で、透明度は高くない。

開けっぱなしになっている引き出し数十個すべてに、同じ色のゼリー。刑事たちは鼻をくんくんと動かす。微かに消毒薬っぽいにおいがした。

狡噛は携帯端末を見てマイクロ・ロボットの報告に目を通し、言う。

「分析によれば、これが『死体』だそうだ」

よく見れば、ゼリーの中身には肉片や皮膚の切れ端、骨のかけらが浮かんでいる。

1

先に現場に着いた和久《わく》善哉《よしとし》監視官から、狡噛慎也監視官の携帯端末に短いボイスメールが届いた。先任監視官からのメッセージは「限りなく妙なバラバラ死体なので、直接見ても混乱しないように」というもの。——妙な死体？　あの冷静な和久さんがそう言うのなら、かなりのものなのだろう、と狡噛は思う。

狡噛はスマート・パトカーの運転席に座っている。その隣——助手席には執行官の征陸が、後部座席には同じく執行官の昏田《くらた》尚人《なおと》がいる。

公安局刑事課三係——。

監視官は和久と狡噛のふたり。

執行官はここにいる征陸と昏田のほかに、女性がふたり。

合計六人だ。

これに、統合分析室に所属する担当分析官がひとりサポートにつく。

狡噛は日東学院の教育課程を当時全国一位の成績で卒業。公安局キャリア研修所でもトップを維持。公安局始まって以来、もっとも優秀な厚生省幹部候補のひとりとして、期待をこめて刑事課三係に配属された。

のちに、エリートコースから転落した狡噛の「上司」となる常守朱はこのとき一二歳。当然、ふたりはまだ互いの存在さえ知らない。


「死体の発見場所は世田谷区、と……」

昏田が面倒くさそうに言った。

高等学校中退後、矯正施設に入った執行官。

昏田は童顔で甘めの容貌だが、斜に構えていて皮肉な言動が目立つ。潜在犯の施設になにか悪い思い出があるのか、一般市民に対する当たりが少々きつい。和久よりも、なぜか狡噛のほうを意識していて、なにかと突っかかってくるような印象があった。

「和久さんのトコにはもうドローンからの現場映像がアップロードされてるんですよね？」

昏田は続けて言う。

「じゃあ、狡噛さんもさっさと携帯端末で確認すればじゃないですか。限りなく妙な死体、なんて言われて気になってるんでしょ？」

「そりゃ違うだろ」

狡噛のかわりに、征陸が答えた。

征陸智己《ともみ》。シビュラシステム施行以前は警視庁で刑事をやっていた、経験豊富なベテラン執行官。入れ替わりの激しい執行官の職を長く勤める、頼りになる男だ。潜在犯だからといって彼を軽視することは愚かだ。歴史の生き証人というべき男に敬意を。

「コウはさ、わざと現場映像を見ないんだよ」

「はあ？」と、昏田は大げさに首を傾げる。

「自分の目で直接見たいんだ」今度は狡噛が答える。「送られてくる動画は、しょせんドローンの目でしかない。そこに人間の感覚は介在していない。その動画を見て、変な先入観を持つほうが怖い」

「はあ……」

「普通の現場ならそこまで考えなくてもいいだろう。だが……」と狡噛。「妙な死体、妙な現場……そういうものはなるべくストレートに受け止めたいんだ」

「どうせ動画の分析は真流《まる》がやってくれるしな」と征陸。

真流賛《たすく》。

元解剖学医の分析官。

「面倒くさいんですよ……ロボットの目のほうが人間より冷静なのに」

昏田はまだ納得がいかないようだった。

「でもな」狡噛は顔だけ振り返る。「罪を犯したのは人間だ。現場に残っているのは指紋やDNAだけじゃない。そこには人間の心のカケラも散らばっているはずなんだ」

「ロマンチックっていうか、熱すぎなんですよ、監視官……」

「こら、ナオ」

征陸は、昏田尚人を「ナオ」と呼ぶ。

「上司に対してそんなナメた口きくんじゃないよ」

「はーい……」

昏田は不承不承頭を下げた。

征陸は狡噛を見て目を細めて言う。

「コウのそういう物言いは、やっぱり『雑賀教室』の影響なのかね」

「あれはいい講義ですよ。ギノは気に入ってないみたいですが」

「伸元《のぶちか》は正統派の監視官だからな。それでいいんだよ」

公表されているわけではないが、執行官の征陸と監視官宜野座は実の親子だ。

「それじゃ俺が邪道の監視官みたいだ」狡噛は苦笑した。

「邪道でしょ」昏田が口を挟んでくる。「執行官を人間扱いして、よくそんなにクリアな色相保ってますよね。狡噛さん」

「シビュラシステムは俺の執行官に対する感情よりも、刑事としての適性を評価してるんじゃないのか？」

特に増長しているふうでもなく、狡噛はさらりと言ってのけた。

「へぇ、そういうことしれっと言っちゃうんですね」

「なんだよ。変なこと言ったか？」

2

世田谷区のテニスコートの前でパトカーが停まった。

医療やサイボーグ技術が進歩しても、スポーツの価値が減じることはなかった。むしろ、シビュラシステムは色相をクリアに保つために健全なスポーツ体験を奨励している。「健全な肉体に健全な魂が宿る」というわけだ。

スポーツ・トレーニングは、色相浄化とストレス軽減のためにもっとも手軽な方法のひとつとして認知されている。

たとえば狡噛も、キックボクシングとレスリングをやっている。人間との戦いを想定した格闘技も、意外なことに暴力性とは直結しない。ルールを守り、過剰な攻撃性を発揮しない限り、練習試合くらいで色相が悪化することはない。

シビュラは、人間同士の「真剣勝負」を奨励しない。大金やキャリアがかかった試合を繰り返せば、職業格闘家の色相は確実に悪化していく。しかし、「戦っている人間を見物する」ことにはストレスを軽減する効果がある。

現在、職業格闘家の対戦相手は人型ロボットだ。ロボット対人間なら色相の悪化を防げる。技術者は知力を尽くして（法に触れない範囲で）強力な格闘ロボットを作成し、職業格闘家はありとあらゆる手段で肉体を強化して戦いを挑む。

ただし、相手がいくらロボットとはいえ格闘は格闘だ。シビュラシステムによる適性はかなり出にくくなっている。狭き門をくぐった、選ばれし者の世界だ。

「いきなり他殺死体が発見、か……厄介な犯人か、なんらかの偶然が重なっただけなのか」

昏田がつぶやいた。

シビュラシステム運営下では、犯罪は未然に防がれることのほうが圧倒的に多い。最初から「グレーゾーン」にするため意図的に放置された廃棄区画でさえ、殺人事件は衝動的で突発的なもの以外は珍しい。

普通の犯罪者は、犯罪をしてもいいと思える心理状態になった時点（いわゆる「色相が濁った」状態）で強制的にカウンセリングに送られる。それでも色相がクリアにならなければ集中治療。犯罪係数が悪化すればそのまま隔離施設行きとなる。

今の社会で一番多い犯罪者のパターンだ。

昏田が厄介な犯人と言ったのは、この事件がそのポピュラーなパターンから外れていたからだ。いきなり他殺死体が発見。犯人はまだ捕まっていない。廃棄区画でもない場所で、街頭スキャナに記録を残さずに犯行現場を立ち去るのは至難の業だ

「もちろん街頭スキャナに死角がないわけじゃないが……」

狡噛が言った。途中で昏田が口を挟む。

「一般市民には、街頭スキャナの数も位置もわからない。その『死角』となればなおさら」

「そういうことだ」

狡噛、征陸、昏田はパトカーを降りた。

——午前八時二〇分。

死体発見時刻は午前七時一五分。

犯行現場はテニスコートを取り囲むフェンスの一角だった。フェンスは高強度バイオプ

ラスチック製。縦、横のプラスチック線材が、四角に近い網の目を形成している。そのフェンスに、死体がくくりつけられていた。

なるほど――

「……限りなく妙なバラバラ死体だ」

狡噛は思わずそうつぶやいていた。

切断したのではなく、なにか重くてかたいもので死体（あるいは生きたまま）を粉砕したらしい。

この犯人の変わっているところは、バラバラにした死体をフェンスに結びつけていったところだ。砕いた肉片を丁寧に真空パックで梱包し、ブロック状にしてから、もとの人間の形を再現するかのようにフェンスの網目に配置している。だから、遠目にはバラバラ死体ではなく、フェンス際に人が立っているように見える。

人体パズルの完成見本……そんな印象だった。

狡噛はまだ、新人の監視官だ。死体を見慣れているわけではない。普通のバラバラ死体だったら、見た瞬間吐いていたかもしれない。だが、この死体には神経質な清潔感すら漂っていた。おぞましい死体には違いないが、直接嘔吐感につながるようなものではない。

死体の傍らに、和久監視官がいた。

通報を受けた際、たまたま近くを車で走っていた和久がそのまま駆けつけたのだ。

「おはよう、狡噛くん」

「おはようございます、和久監視官」

和久善哉。

若手の公安局キャリアだ。三係唯一の既婚者。

身長は一八五センチで狡噛よりもやや高い。

穏やかな声に、柔らかい物腰。整った知的な容貌にメガネをかけている。

冷静沈着で、現場にも理解があり、他の部署との交渉にも強い。狡噛からすると、理想的な監視官の姿と言えた。

巡査ドローンとマイクロ・ロボットが現場の鑑識を行っている。データはリアルタイムで公安局の分析室に送られる。

死体を見た昏田が「うっわ、なんだこれ」と呆れたような声をだした。

「なぜ死体をバラしたと思いますか？」

和久が訊いてきた。

「運びやすくするためです」狡噛はすぐに答える。「それか、バラしたいほど恨みがあった。もうひとつ……バラすことそのものが目的」

「バラすことそのものが目的？」

「バラすことによってなんらかのメッセージ性が生まれる場合、それは犯罪者の動機となる可能性があります」

「狡噛くんは理路整然としているところがいいですね」

和久が微笑した。

「……ありがとうございます」

「すでに真流分析官が死体のデータを検索にかけました」狡噛は続ける。「被害者の名前は、下野《しもの》隆一《りゅういち》。二五歳。肉体強化アスリートですね。独身で、家族は大阪に両親と兄、姉。ここ数年、実家に戻った記録はありません」

シビュラが許す範囲で肉体を改造し、大量の薬品を服用したアスリート。人間離れした身体能力で新記録を追求し、観客に興奮とストレス軽減効果を与える。

狡噛は自分の携帯端末を操作し、ホログラムウィンドウを展開した。半透明の小さなスクリーンに、分析室で共有された情報が表示される。

「種目は……砲丸投げか」

数十年前までは、砲丸の重さは七・二六キロだった。

現在それでは軽すぎるため、九キロのものを使っている。

「三次元撮影で立体モデルを取り込んだら、すぐに死体を公安局に送ります」和久が死体を見ながら言った。「そこでさらに詳細な司法解剖が行われるでしょう」

「…………」

狡噛は、監視官権限で現場周辺の街頭スキャナ、防犯カメラの映像をチェックした。

「おかしいな……」

狡噛は首を傾げる。

「不審者がいた記録がない」

「このテニスコートは、民間のスポーツジムに付属した施設です」和久が言う。「私有地への街頭スキャナの設置は数が制限されている。スポーツジム周辺の防犯カメラは、公安局ではなく普通の警備会社が行っていました」

「じゃあ、その警備会社に問い合わせれば……」

「問い合わせましたが」和久が頭を振る。「とんでもないことが明らかになりましてね」

「とんでもないこと？」

「クラッキングですよ」

その言葉に、狡噛は目を丸くする。クラッキング、コンピュータへの不正侵入。

和久は続けて言う。

「街頭スキャナは公安局の都市セキュリティ部門につながっていて、これをクラッキングするのは至難の業です。しかし、民間の警備会社ならそれよりは楽にいけるでしょうね」

「とはいえ」狡噛が眉間にしわを寄せた。「シビュラシステム運営下で、クラッキングの技術を学ぶことは容易ではありません。クラッキングをたくらんだ時点で、色素が濁り始める。技術を身につける前に逮捕される」

「しかし、今回の犯人はクラッキングをした」言いながら、狡噛は街頭スキャナの記録を検索する。「……ん、一番近い街頭スキャナは公道のもの。それでも五〇メートル近く離れてる」

「街頭スキャナの死角をつくのも不可能ではない。そういう位置関係だ」

「クラッキングねえ……」近くで話を聞いていた昏田も会話に加わってきた。「廃棄区画には、そういう商売をしてる外国人もいるって噂もありますけどね……」

「この場合、犯人とクラッカーが同一人物だったら厄介だな」と征陸。

「クラッキングしてても、犯人はスポーツジムやテニスコートに住んでるわけじゃないでしょ」と、昏田は執行官用の携帯端末を確認する。「記録上、このあたりは夜には無人になるはずだ。街頭スキャナにひっかからず、どう移動してるんだか」

「推測ばかり重ねても意味がないさ」

狡噛は昏田の肩を軽く叩く。

「なんです？」

「まずは死体の現物を分析室の真流さんに回そう。で、俺たちはスポーツジムの関係者に聞きこみだ」

3

どんなに技術が進んでも、捜査の基本は変わらない。

まず、刑事は第一発見者の話を聞く。場所は、スポーツジムの控え室だ。

今回の発見者は、このジムに勤務するインストラクターのひとりだった。青山生実《あおやまいくみ》という女性だ。肉体強化アスリート育成ではなく、一般市民向けのフィットネス・ヨガ色相クリアコースのインストラクター。午前七時、一番早く出勤した彼女が、セキュリティの異常に気づいた。防犯カメラは停止しているし、自動運転の清掃用ドローンが起動していない。そこで青山はメンテナンス業者に連絡したあと、自主的に施設内各所の点検を始めて、テニスコートで死体を発見。公安局に通報した。

飾り気のないジャージ姿の青山は顔面蒼白だった。

死体を見たことで自分の色相が悪化していないか――そのことが心配で心配で仕方ないのだ。

――殺された人間のことより、自分の精神状態を心配する？

薄情なようだが、これがシビュラシステムの下で生きるということだ……狡噛は青山に同情した。色相の悪化は社会的には命取り。死体を見ても色相が悪化しにくい人間が、シビュラによって公安局に選ばれる。彼女は監視官や執行官とは違う。

「チラッと死体見てビビッたくらいで色相悪化するわけないだろ」

昏田が、不愉快そうに言った。

「やめろ、昏田」狡噛がその態度をたしなめる。「すみません、青山さん」そして、昏田のかわりに頭を下げる。

「いえ……悪化……しないんですね」と、少しは安心したように青山がつぶやく。

「すでに、専門のカウンセリングを用意してあります。ご安心を」

「はい……」

和久は、一足先に公安局に向かった。

控え室にいるのは、狡噛、昏田、征陸、第一発見者青山の四人だ。

青山はすでに色相チェック済み。パウダーブルー。ドミネーターで犯罪係数を測定するまでもない、典型的なメンタル美人。シロだ。彼女の証言は信頼できる。

「殺された下野隆一さんのことはご存じでしたか?」

狡噛は訊ねた。

すると青山は目を見開き、

「あれ……下野さんだったんですか？」

「ＤＮＡ的に間違いありません」

「知り合いです……コースは違っても、下野さんはこのジムの利用者だったので……」

「どんな人でしたか？」

「真面目で……口数も少なくて……かなりの努力家です。薬や人工パーツでの強化もやってましたけど、なによりも自分自身のトレーニングを大切にする人で……」

「最近、ジム内でトラブルなどは？」

「私が知っている範囲では、特に……」

「下野さんと特に親しかった人は？」

狡噛のこの問いに、青山は首をひねって思い出しながら答える。

「色相クリアな肉体強化アスリートですから……恋愛推奨の出やすい人だったとは思います。恋愛関係以外だと……やっぱり直属のトレーナーでしょうか」

「名前は？」

「織部《おりべ》滷摩《ろま》さんです」

ぜひ、その織部滷摩の話も聞きたい、ということになった。

青山によれば、スポーツジム内に織部の事務所が入っているらしい。彼は、毎朝九時三

○分までには車で出勤してくるそうだ。
織部がやってくるまで少し時間があったので、狡噛たちは他の関係者にも聞きこみを行った。しかし、得られた情報は青山から聞いたものと大差なかった。

分析室の真流が、安全装置つきの回線を使ってクラッキングされたパソコンの中身を丸々コピーし、オフライン環境下に移した。これからじっくり、何か手がかりが残っていないか、何か仕込まれていないか調べる。

そうこうしているうちに、織部がやってきた。

4

建物に近づいてきた織部を、狡噛たちが玄関先で出迎えた。

「公安局、刑事課三係監視官の狡噛です」

ホログラムの刑事手帳を見せる。

「はい……?」

織部はそれを見て怪訝《けげん》そうに眉をしかめた。事件のことをまだ知らないようだ。下野の死はまだニュースになっていないし、関係者にはこの事件について口外しないよう釘をさしてある。

織部はブラウンの髪の毛。

柔和な顔立ちで、赤い縁のメガネをかけている。

童顔——というより、年齢がわかりにくい。大学生といわれたらそう見えるし、年上だといわれてもそれはそれで納得できそうだ。

織部が見つめてきた。

すると、狡噛は自分がバラバラになったかのような錯覚を味わう。

まるで、分解されたような——

「公安局……？　近くで潜在犯でも出たんですか？」と、織部。

「すみません」

狡噛は監視官用携帯端末の機能を使って、織部の色相をチェックした。ペールターコイズ。きれいな色だ。この色相から高い犯罪係数が出てくることはありえない。織部もシロ。

「潜在犯ではなく、本物の殺人者がいます」

狡噛は言った。

「お気の毒ですが……下野隆一さんが亡くなりました」

玄関先で立ち話を続けるわけにはいかなかったので、スポーツジムの控え室に移動した。狡噛と織部は、素っ気ないデザインの丸いテーブルを挟んで座る。なんとなく、征陸と昏田は立ったままだ。

「今……下野さんは……下野さんの死体はどこにあるんでしょうか？」

織部が不安げに口を開いた。

「すでに公安局での司法解剖に回しました」狡噛が答える。「現場は三次元撮影で立体モデルとして保存ずみです」

「他殺……なんですよね？」

「そうじゃなきゃ、公安局が動くわけないでしょ」と、横から昏田。

「そう……ですよね」

織部の視線は左右にキョロキョロと動いて落ち着かない。

「下野さん……どんな殺され方だったんですか？」

「捜査に関わることなので、教えられません」

「はあ……」

織部は相槌ともため息ともつかない息を吐いた。

「こちらから織部さんに質問があります」狡噛は言った。「よろしいですか？」

「ええ、私に答えられることなら……」

「あなたは下野さんのトレーナーだった」

「カウンセラーでもありました」

「専属だったんですか？」

「いえ、今時依頼人がひとりだけでは食べていけませんよ。昔と違ってスポーツのスターは減った。海外の治安崩壊で、どの競技でも世界大会が開かれることはない……。私は下野さんの他に、数十人の肉体強化アスリートと契約しています」

「スポーツカウンセラーというのは、普通のカウンセラーとは違うんですか？」

「だいぶ違いますね」得意分野の話になったからか、織部の口調から不安や戸惑いの色が薄まった。「現在、人間同士が『プロフェッショナルとして』競い合う形でのスポーツは原則として禁止されています。闘争心はどうしても色相を悪化させるからです。そこで、プロスポーツ選手たちは純粋に記録更新のみを狙い、試合はシミュレーションや対ロボット戦が基本になりました」

織部は続けて言う。

「しかし、いくらシビュラの適性が出たスポーツ選手でも、記録が伸び悩んだり、他の選手の好記録に嫉妬心がわくと色相が悪化することがある。私たちスポーツトレーナー・カウンセラーは、そういう心の動きを先読みして、自分の依頼人——肉体強化アスリートたちーーが少しでも競技に集中できるよう働く」

「生前、下野さんの色相は担当カウンセラーとしていかがでしたか？」

征陸が訊ねた。

「クリアでしたよ。記録は伸び悩んでいましたが……彼くらいの年齢のアスリートにはよくあることなので。それほど気にしてはいなかったはずです」

「誰かの恨みを買うとかは？」と、昏田。「仲の悪いアスリートとかいたんじゃないんですか？」

「いたとは思いますが……それが殺人につながるほどのものは……ちょっと……」

「まあ、表面上は仲良いフリでもしてただろうしね……」

昏田には、ものの考え方がひねくれたところがあった。

「本当にもったいない……」織部が心底残念そうに言った。「とても素晴らしい『からだ』だったのに」

「……？」

今の言葉が、狡噛の胸に微かに引っかかった。なぜ引っかかったのかは、狡噛自身にもよくわからない。

織部との話はそれ以上広がることもなく、狡噛たちは公安局に戻った。

公安局本部——上から見ると八角形のタワービル。地上六〇階を超える高さで、遠目にはゴシック建築の塔のように見えた。天気のいい日は、ホログラムで装飾過剰になる。重々しいその外観は、まるで贖罪教会の大聖堂だ。警備ドローンが両脇を固める正面エントランスからなかに入る。エントランスホールの床面には、シビュラと厚生省公安局のマークが大きく広がっている。

公安局内、執行官隔離区画、分析官のラボに向かう。

5

真流分析官は元解剖学医だ。忙しいうえに出会いが少ない職場なので、女性の部下を欲しがっている。

視力は悪くないのに、大昔のアメコミ・ヒーローを意識して、特注のグラスをかけていた。本人は楽しそうに「このグラスをとるとビームが出るんだよ」と話しているが、その元ネタはさすがの狡噛にもよくわからない。

「司法解剖はどうでしたか、真流さん」

狡噛が話しかけた。

真流は、分析室のコンソールを操作しながら答える。

「大雑把には所見が出たよ」

司法解剖も鑑識も、ドローンとマイクロ・ロボットの導入によって高速化が進んでいた。

「対象遺体の名前は下野隆一。バラバラの人体が、再びつなぎ合わせるようにフェンスに配置された状態で発見された。創傷と皮下出血の反応から、生きている間ではなく、殺されてから細切れにされたとわかった」

「凶器は?」と、狡噛。

「命を奪ったのは、薬物だ。強力な筋弛緩剤と塩化カリウム溶液が検出された……心臓を止められたわけだ。パーツのひとつに、小さな注射痕が見つかった。そして、遺体をバラしたのはローラーだ」

「ローラー?」

狡噛は思わず訊き返した。

「すごく重くてでかいローラーだ。競技場の整備なんかにつかうやつ。普通はドローンに引っ張らせるもんだな」

「それで押しつぶしてバラバラに?」昏田は納得がいかない様子だった。「人間の皮膚は、圧力に強い。普通にやってもローラーでバラバラになったりはしない気がする」

「その通りだ」真流はあっさり認めた。「この犯人が、押しつぶす前に皮膚に刃物で『切れ目』を入れていたんだ。刃物で切って、ローラーで押しつぶして、また刃物で切って……ひとつひとつのパーツが一辺一〇センチの立方体程度に収まるまで、それを繰り返した」

「それ、ノコギリとハンマーでバラすより時間がかかってないか？」

征陸が、少し呆れたように言った。

「どうかな……」

真流は腕を組んで少し考える。

「結局、手元にある道具でなんとかした、ってことなんだろう。他の部分はさておき、骨を細かくするにはローラーはそんなに悪くない道具だ」

「そのローラーって、死体発見現場のスポーツジムで使ってるやつか？」と狡噛。

「ああ」真流がうなずく。「犯行現場から死体発見現場へは、ほんの数十メートルしか離れてない。解体作業が行われたのはあのスポーツジムの食堂。血の海だったろうが、犯人はわざわざ清掃用ドローンを使ってキレイにしていった」

昏田が驚いた顔になって、

「清掃用ドローンで死体片付けるっておかしくないですか？」

「普通はな。通常、死体を発見したら公的機関に自動的に通報する。今回は、スポーツジム内の監視カメラ……つまりセキュリティシステムがクラッキングされてたせいで、清掃用ドローンの目は犯人の支配下にあった」

「殺害現場と解体作業現場は同じか？」と狡噛。

「いや」真流は頭を振る。「そこまではわからん。死体の損傷がひどすぎる」

「どっちみち」と征陸。「解体作業の現場がそんなに近いなら、『運びやすく』するためにバラしたわけじゃなさそうだな」

「なんにしても、再び『つなぎ合わせた』理由がわからない……」

　そう言って、狡噛は考えこんで低く唸る。

「クラッキング・コードの『指紋』はどうなんです？」

　昏田が訊ねた。

　プログラムのコードは、自然言語処理と機械学習アルゴリズムで解析できる。抽象構文木《AST》でプログラムに関係のない部分を省略し、作者の「くせ」あるいは「くせ以上のもの」を見抜く。

「独特だね……すごく無駄がない」真流が感心したように言った。「日本国内でクラッキングの技術を習得できる場所は限られてる。代表的なのは、やっぱり国防省の電子戦部隊だろうがな……軍人さんの『指紋』はわかりやすいんだ。教官、生徒って勉強の流れがあるから『くせ』も移りやすい」

「このクラッカーにはそれがない、と」

「そういうこと。独学かねえ……。まあ一応、ここ数年で色相が悪化したプログラマー、システム・エンジニアを洗ってみる」

その線は望み薄だろうな、と狡噛は思った。指紋をたどって捕まえることができるような犯人なら、とっくの昔に潜在犯として摘発されているはずだ。腕のいいクラッカーだと、コードの指紋さえ偽装することがあるという。

狡噛は、自分の考えを整理したいとき、トレーニングに励む癖がある。

公安局のトレーニングルームで、器具を使って徹底的に自分の筋肉をいじめ抜く。ラットプルダウンにレッグカールは序の口。バーベルを使ったベンチプレスとスクワットで、大きな筋肉を鍛える。急勾配のトレッドミルでダッシュを繰り返し、人工筋肉素材のサンドバッグをひたすら殴って有酸素運動に体を慣らす。

「…………」

一通りのメニューをこなしたところで、トレーニングルームに付属しているシャワーを浴びた。汗を洗い流す。水滴が、ごつごつとした筋肉の隆起を伝ってから下に落ちていく。

タオルで体を拭きながら、最新のオーダーメイド・プロテインを摂取し、身体能力を向上させるサプリメントを服用した。肉体強化アスリートたちが使うような強力なものでなくとも、特殊調整アミノ酸や人工ホルモンは広く一般に向けて販売されている。

狡噛はトレーニングが好きだ。体を鍛えていると、自分の体をより深く理解できたような気分になる。

1

また、死体が見つかった。

スポーツジムのテニスコートで死体が発見された三日後、今度の現場は渋谷区代々木にある公園だった。

狡噛、征陸、昏田の三人で向かった。

テニスコートの「人体パズル殺人」はまだ進展がない。結局、スポーツジムのセキュリティシステムがクラッキングされていたことが強力な足かせになっていた。真流が分析してコードの指紋をたどる捜査も空振り。前の事件に進展のないまま次の死体……というのは、公安局刑事課にとって苛立つ事態だった。

代々木のその公園には、ホログラムで装飾されたシビュラ公認芸術家の彫刻が野外展示されている。四角いブロックを組み合わせた、抽象的な彫刻だ。彫刻の隙間に、びっしりと人間の死体が詰め込まれているのを、清掃用ドローンが発見した。

「テニスコートと、同一犯人ですかね……」

昏田がうんざりしたように言った。

狡噛はうなずき、

「やり口は違うが……この異様さは共通点があるような気がするな」

現場を封鎖、ドローンとマイクロ・ロボットによる鑑識作業開始。人体の形をとどめていなかったのでわかりにくかったが、詰め込まれていたのは『ひとりぶん』の肉体だった。その場で街頭スキャナの記録をチェックするが、不審な色相はなし。死体はすぐに分析室に回し、狡噛たちも公安局に戻る。

「被害者は、遠藤征爾《えんどうせいじ》。職業は、また肉体強化アスリート。これは……連続殺人で決まりかね？」

真流が言った。

公安局の分析官ラボ。

「たしかに、見た目はテニスコートのときとは違うが、死因は同じだ。筋弛緩剤の注射で殺してからバラしてる」

真流は続ける。

「今回の死体は、医療用のレーザーメスで解体されていた。犯人は遠藤の死体を、一辺四から五センチの立方体……いわゆる正六面体にカット。レーザーを使ったから、傷口が炭化してて出血が少ない。ご丁寧に、カットした人体パーツはすべて真空パックで梱包。この真空パックもテニスコートのやつと同じ。とんでもない異常者だな」

「そうだろうか……」

狡噛が首を傾げる。

「異常なのは間違いないが、犯人は異常者の一言では片づけられない」

「どういう意味ですか、それ?」と昏田。

「異常者っていうのは、自分の趣味や世界観のためだけに人を殺すような連中だろう? 過去の記録を見る限り、そういう連中の犯罪は雑だ。しかも、シビュラシステム運営下ではその異常性が芽生えた段階で隔離される。今回の犯人は、ちょっと神経質なくらい丁寧なんだ。バラしかた、そして死体の捨て方。どちらにも人を殺した焦りがない」

「監視官に賛成だな」征陸が言った。「几帳面な犯人。現場に証拠を残さない知性もある」

「そういうのも含めて異常者っていうんでしょ?」

昏田はまだ納得いかない様子だ。

「頭が悪すぎて異常に見えるやつと、頭が良すぎて異常に見えるやつ。この二種類を混同しちゃいけないって話だ」

狡噛は教師のような口調で言った。

「はあ……」と、昏田はまだ不満があるような顔だ。

「こっちが解かないといけない謎は三つだ」と、狡噛は指を立てて数える。「ひとつ、犯人の動機。なぜ肉体強化アスリートを狙うのか？　ふたつ、なぜ死体をバラした？　ここまで手間をかけたからには、犯人には『絶対にバラバラにしないといけない』理由があったはずだ。みっつ、犯人の色相と犯罪係数はどうなってる？　どうして街頭スキャナに検知されない？」


真流が、ホログラムモニタに被害者・遠藤征爾の個人情報を表示した。

「肉体強化アスリート……種目は水泳、自由形か。スポーツグッズの販売開発会社『アルテミス』の宣伝部所属。アルテミスの宣伝部は多数のアスリートを擁していて、日本各地の大会で好成績を収めている、と……」

昏田が身を乗り出してモニタを覗き込みつつ、

「いつ殺されたんですかね」

「遠藤が最後に街頭スキャナに記録されているのは昨日の午後一〇時」真流が答える。「で、死体発見が今朝の五時。その間に殺された。死亡推定時刻とも一致してる。もちろんどの記録にも、色相が濁った人間が遠藤に近づいてきた形跡はなし。現在、和久が、花表《とりい》と天《あま》利《り》を連れてアルテミスで聞きこみ中。今のところ成果はなさそうだがね……」

　花表と天利。どちらも三係の女性執行官だ。

「テニスコートの事件となにか接点はないか？」と、狡噛。

「接点？」

「たとえば、遠藤も世田谷のスポーツジムを利用してたとか」

「ああ、そういうのか……街頭スキャナで行動を追いかけてみる」

　真流が、コンソールを操作。モニタの情報が整理された。

「遠藤は世田谷のスポーツジムにも通った記録があるな。そのときの担当トレーナーは……」

「織部ロマ」狡噛が、少し先を読んで言った。

「怪しいなんてもんじゃないな」と、征陸。

「でも、色相はクリアだった」と、昏田。

「もう一度織部に話を聞きにいく」狡噛は踵を返した。「そして、ドミネーターを向ける。犯罪係数を正確に測定すれば、なにかわかるかも」

　一般市民にドミネーターを向ける行為は、当然慎重にやらねばならない。向けられたほうは重大なストレスを感じる可能性がある。しかし、監視官が捜査上必要と認めれば、「疑わしい」というだけの理由で銃口を向けることも許される。執行官がドミネーターを町中で抜くことに関しても、監視官の監督責任下においてある程度融通がきく。

2

狡噛、征陸、昏田は再び世田谷のスポーツジムへ。

ジムの控え室に織部を呼び出して、狡噛が無言でホルスターからドミネーターを抜いた。

「…………」

照準した相手のサイコ＝パスを読み取る銃、ドミネーター。

相手が潜在犯だった場合のみセイフティが解除される。

「……！」

いきなり公安局の殺人装置を見せられて、織部は目を見開きうっと低くうめいた。

狡噛が構えて、ドミネーターのインターフェイスが起動した。

早口の合成マシンボイスで語りかけてくる。

『携帯型心理診断・鎮圧執行システム・ドミネーター・起動しました・ユーザー認証・狡噛慎也監視官・公安局刑事課所属・使用許諾確認・適正ユーザーです』

そして、狡噛はドミネーターで織部を狙う。

『犯罪係数・アンダー五〇・執行対象ではありません・トリガーをロックします』

「……失礼しました」

やはり、織部は犯人ではない。

狡噛はドミネーターをホルスターに戻した。

緊張したらしく、織部はどっと汗をかいていた。

「すみません……これも仕事なので」

「あ、いえ……わかりますよ。でも、本物のドミネーターを見るのは初めてです。迫力ありますね。私の犯罪係数はどうでしたか？」

「問題ありません。健全な数値です」

「よかった……身近で殺人事件が起きたので、悪化していないか心配だったんですよ」

「遠藤征爾さんが死体で発見されました」

「ニュースで見ました。殺人の可能性もあるとか」

「知り合いですよね？」

「はい。遠藤さんはアルテミスという会社の宣伝部スポーツ班に所属していましたが、あそこにはしっかりとしたスポーツ・カウンセラーがいなかった。そこで、遠藤さんはこのスポーツジムまでやってきて私のカウンセリングを受けていました」

「人に恨まれるようなことは？」

「それはたぶん、アルテミスで一緒に働いているひとのほうが詳しいのでは……」

「それは、たしかに」


狡噛たちはスポーツジムを出た。

「空振りですね」

昏田が面倒くさそうにつぶやいた。

「犯罪係数はごまかせない」

「…………」

――犯罪係数はごまかせない。

昏田の言うとおりだ。そのことは間違いない。

犯罪係数をごまかすことなく、ドミネーターをかわすことができるのか？

わからない。狡噛にはそんな方法は思いつかない。

さっき控え室を出る際、織部はこう言っていた。『刑事さん……監視官でしたっけ？

なにかスポーツやってますよね。服の上からでも筋肉がついているのがわかりますよ。事件捜査以外でも、自分の「からだ」に興味があったらぜひ私のところに来てください……』

――「からだ」。

狡噛はずっと、織部の「からだ」という単語の言い方が気になっている。

「……また振り出しに戻る、だ」征陸がため息まじりに言った。「昔の警察なら、織部はクロだと判断されてただろう。そういう意味じゃ、シビュラシステムは冤罪を防いだのかもしれん。殺しの凶器や解体の道具から洗っていくしかなさそうだな。あとは地道に地道にやっていって、なんとか色相の濁ったやつをあぶり出すんだ」

「そういう面倒くさいことをしないために、ドミネーターや街頭スキャナがあるんじゃないんですか……」

昏田がぼやく。

狡噛は考える――街頭スキャナをかわすために、犯人は廃棄区画を利用したとか？　シビュラシステムに適応できない人間を追い詰め過ぎないために、なかば「見逃している」犯罪多発地域――廃棄区画。

廃棄区画の存在があるからこそ、シビュラシステムへの反対運動がそれほど盛り上がらなかったという側面もある。

たとえば、日本刀はただ硬いだけではない。少々歪んでも元の形に戻る「弾性」がある。

廃棄区画とはシビュラシステムにとっての弾性だ。

古代中国では戦争の際、敵を包囲してもどこか一箇所は「逃げ道」を用意しておいた。逃げ道がない敵は必死に抵抗する。——必死に抵抗する敵よりも、逃げる敵の背中を追いかけるほうが効率がいい。

政治家や、企業の重要人物の色相が濁り始めたとする。あるいはその家族でもいい。カウンセリングが間に合わなくても、廃棄区画に避難場所を作っておけば、かなりの時間を稼ぐことができる。

もちろん、見逃すといっても限度はある。

廃棄区画でも殺人犯は許されない。

今回の肉体強化アスリート連続殺人では、犯行内容的にも地理的にも、廃棄区画を利用したとは考えにくい……。


公安局に戻って、まっすぐ狡噛は分析官ラボに足を運ぶ。

「織部についてもう少し知りたい」

真流に頼んで、より詳細な個人情報を出してもらう。

「変わってるね」

モニタに、公安局で手に入る限り、すべての織部のデータが並んだ。

「織部ロマ。三二歳。シビュラシステムによる適性診断によれば、脳外科分野と運動生理学にA判定。で、教育課程では進化生物学、スポーツ医学、運動生理学、大脳生理学を研究。特に運動生理学に関しては『若き権威』とまで呼ばれてる。脳科学と進化生物学では博士課程も修了……。変わり種のスポーツトレーナー」

真流が続けて重要そうな箇所を読み上げてくれる。

「趣味で格闘技をやってるようだな。スパーリング・ロボット上級テストで合格して、ボクシングのライセンスを持ってる。ムエタイとかいう変な格闘技とか……このあたりでお前とも話が合うんじゃないか？」

「運動生理学に、格闘技に、脳か……」

狡噛はつぶやいた。

「五年前に母親が病死、後を追うようにその一年後、父親も……。どちらも病院で死亡。死因に事件性はまったくなし」と真流。「あとは付き合いのない親戚ばかり、ってところかな」

犯罪歴はなし。

色相もずっとクリアカラー。

――なのに、なぜこんなに引っかかる？

3

狡噛は公安局ビルの展望台にいた。

夕焼けの中、オープンテラスで冷たい風に当たって、考えを整理する。

超高出力の特殊集光レーザーを使った三次元立体ホログラムシステム。リアルな幻影に装飾された、メンタルに優しい都市風景《タウンスケープ》。この都市が完璧であるために、少なくとも完璧に見えるように——。電子の光と暮れ残った日の光が混ざり合い、薄闇のスクリーンに星空を投影したように見えた。

林立する超高層ビル群、その合間合間に、ホログラムの巨大広告——新作の完全体感型映画『タイタニック完全版』の予告編をやっている。豪華客船の映像の下には、『*お客様の色相に配慮して、この映画ではタイタニックは沈没しません。ストレスのないハッピーエンドに変更してあります』というテロップ。

街頭モニタでは今日のニュース。殺人のニュースは刺激が強いので、通常のチャンネルで流れることはない。あくまで色相のために、明るく前向きなニュースが選択される。『色相をクリアに保つホロアバターの最先端モード』『今年もハイパーオーツの生産量は誤差〇・〇一パーセント以下』『日本政府国防省システム海軍・情報統合戦闘集団に新型武装ドローン投入。ますます堅固になる我が国の守り』

「ここにいたか」

不意に、声をかけられた。

「ギノ」

「狡噛」

宜野座伸元、監視官。

狡噛と同期で公安局入り。狡噛は三係、宜野座は一係に配置された。実は教育課程のころからの付き合いだ。狡噛を敵視しているかのような言動をとるかと思えば、気がついたらなぜかいつもすぐ近くにいる。他人に説明するのが難しい関係だ。

「ひどい事件みたいだな」

と、宜野座が狡噛の隣に立った。

「もう二人殺された。犯人の手がかりはなし」

愚痴っぽく狡噛はつぶやく。

「お前がそんな顔してるなんて珍しい」と宜野座。

「そうか」

「どんな時でも冷静沈着。この世に解けない謎はない……監視官初日からそんな顔をしてた」

さすがに狡噛はむっとして、

「そんな顔をしたことはない」

「ある」

「ない」

「不毛な会話だ、やめよう」

「お前が始めた会話だ……」少し呆れつつ、狡噛は話題を変える。「そっちはどうだ？　一係」

「犯人よりも厄介な執行官がいる」

宜野座のその言葉だけで狡噛はピンときた。

「佐々山《ささやま》か」

目立つ男だ。

「あいつのことを考えると色相が濁りそうだ」

「俺は嫌いじゃないけどな、佐々山。あいつとはアナクロ趣味が合いそうで」

「気をつけろよ。執行官との付き合いには」

「気をつけてるよ」

狡噛は嘘をついた。宜野座の気持ちはわかるが、狡噛は宜野座ほど潜在犯に対して神経質になれない。これは想像力の問題だ。誰もが、なりたくて潜在犯になるわけではない。

「執行官といえば……」今度は、宜野座が話題を変えてきた。「征陸の様子はどうだ？」

宜野座と征陸は、苗字は異なるが実の親子だ。

一応、低ランクの機密指定になっている。誰でも知っていることではない。

「頼りになるぜ、とっつぁんは」狡噛が言うと、

「そういう話を聞きたいんじゃない」宜野座は不愉快そうな顔をした。

「じゃあ、どういう話だよ」

「最近の犯罪係数とか、どの程度反抗的か、とか……」

「犯罪係数は横ばい、監視官には逆らわない。勘も鋭い」

「ふん……あの駄犬に懐いてるじゃないか」

「駄犬はひどいな。いい刑事だ」

「征陸も、お前のことを気に入ってるみたいだしな」

「ギノ……」

素直ではない。迷子の子犬みたいな男だな、と狡噛は思う。

「意見を聞かせてくれないか、ギノ」

「なんだよ」

「本当に困ってるんだ。お前の助言がほしい」

「助言？」

「とっつぁんも詰まってる。俺もお手上げ。あとはお前しかいない」

「仕方がないな……」

まんざらでもなさそうに、宜野座は携帯端末をたちあげた。

狡噛も携帯端末を操作し、捜査資料を転送する。

「織部ロマはシロだった、と」

ざっと資料に目を通して、宜野座が言った。

「ドミネーター、つまりシビュラシステムがそう判断した」と、狡噛。

「じゃあシロだな。犯人は別にいる」

「それを捜してる」

「ああ、そうだな……」

「凶器、クラッキングの線を中心に追っかけてるが、どうにも……」

「この犯人、次もやるんじゃないか？」

そんな宜野座の一言に、狡噛ははっとした。

「――え？」

「だから、三人目だよ。肉体強化アスリートをふたり殺した犯人が、三人目を狙っていても不思議はないだろう」

「そうか……」

言われてみれば当たり前のことだが、すっかりその考えが抜け落ちていた。実際に現場を見た狡噛たちは死体の異様さに気を取られていた。『変な先入観を持つほうが怖い』なんて昏田に説教していたくせに、結局犯人の手口に惑わされていた。

「世田谷のスポーツジム、織部ロマ……被害者に共通点があるのが、こちらにとって数少ない好材料だろう」

宜野座は続ける。

「そのあたりに網を張って、犯人が動いたら即処分だ」

「たしかに……！」

狡噛は駆け出しつつ、親しみをこめて宜野座の肩を軽く叩いた。

「サンキュー、ギノ。やっぱりお前は頼りになるな」

「あ……いや……」

狡噛が礼を言っても、宜野座は素直に嬉しそうな顔をしない。

「さっそく、ドローンを使おう。俺たちも張り込む」

00　プロローグ

01　2104.12.01 事件発生――監視官 狡噛慎也

02　2104.12.04 第二の事件発生――監視官 狡噛慎也

03　2104.12.19 織部ロマとの対話――監視官 狡噛慎也

04　no data

05　no data

06　no data

XX　no data

1

狡噛の指示で、世田谷区――最初の死体発見現場、そして織部ロマに関わりのある人物を中心に、徹底的な張り込みが始まった。狡噛と執行官ふたり、和久と執行官ふたり。二班にわかれて重要そうなポイントを監視する。狡噛は、織部を中心に見張ることにした。当然たった六人ではまったく足りないので、ドローンを使う。公安局のドローンは完全偽装ホログラムの使用が許可されているので、完璧に近い張り込みが可能だ。

――完璧に近い。だが、過信は禁物だ、と狡噛は思う。相手は、民間のセキュリティとはいえシビュラシステムの運営下でクラッキング行為ができるようなやつなのだ。風景に溶け込んだドローンに気づいても不思議はない。

そして――

三人目の被害者はなかなか出なかった。

事件は停滞した。

狡噛、征陸、昏田が休暇をとってもいいローテーションになった。他のふたりと違って狡噛は休まず、ひとりで車を出して織部のもとに向かった。——おそらく、狡噛は苛立っていた。手がかりを残さない犯人に、そして誰よりも、解決できない自分自身に。

織部ロマが突破口になる——。証拠はない、だが、狡噛はなぜか確信に近い思いを抱いている。話をしたいと連絡したら、織部もすぐに時間を空けてくれた。

狡噛が世田谷区のスポーツジムに足を踏み入れると、ホログラム案内板に「アポイントのある織部トレーナー・カウンセラーは、現在スパーリング・エリアにいます。面会予定時刻までお待ちください」と知らされた。織部のスパーリングに興味があったので、狡噛はそのエリアに向かう。壁一面の窓ガラス越しに、織部の姿が見えた。

「——ッ」

織部は体のラインが出るスポーツウェアを着ていて、甘い雰囲気の容貌とは裏腹にかなりの筋肉量だとわかった。スパーリング・ロボットと戦っている。おそらく、最強レベルに設定してある。

狡噛はスパーリング・ロボットの動きを観察した。最強レベルの、総合格闘家だ。二一世紀初頭の北米プロフェッショナル格闘家――UFCと呼ばれていたようなやつ――をモデルにしている。ロボットは、それっぽい筋肉質な白人男性のホログラムをまとっている。

スパーリング・ロボットがタックルを仕掛けた。腰と太腿の裏をつかみにいくタックルだ。かなりの速度があったが、織部はそれを右足を大きく引きながらしっかりと受け止め、首を抱え込んで上から潰していく。

教科書通りのタックル対策だった。

タックルを潰してから、織部はスパーリング・ロボットの上半身を押し上げた。そこから自分の肘を相手の鎖骨に当てて、後頭部で手をクロスさせて完全に固定する。首相撲の体勢だ。狡噛もキックボクシングをやっていたので首相撲の知識はあるが、織部の首相撲は固定力が強く、まるで関節技のようだった。

首をつかまれたスパーリング・ロボットは、顔面を守るために両手を上げた。そこで織部はスパーリング・ロボットの腹部に膝蹴り。みぞおち、脇腹と執拗に膝蹴りを当てていって、たまらずロボットがガードを下げたところに、本命の一撃。織部の膝が、ロボットの鼻と前歯を一気にへし折る。ホログラムの頭部が血を噴き出す演出とともに、ブザーが鳴ってスパーリング・プログラムが終了した。

ドアのロックが解除されたので、狡噛はなかに入った。

「いい腕だ」

「あなたも」と、タオルで汗を拭きながら織部。「いい『からだ』をしている」

「スポーツトレーナーは、当然元スポーツ選手が多い」

狡噛は言った。

織部は頭を振り、

「私は、そうじゃない。格闘技は趣味。本業は科学者に近い」

「趣味にしては、鍛えすぎだな」

「監視官にも、格闘技はそれほど必要じゃないでしょう。あなたも鍛えすぎ。人のことは言えない」

「服の上からでも、わかるものか？」

「拳を見れば、なにか打撃系の格闘技をやっているのがわかる。足は長く、太腿の筋肉量が多い。レスリングもやってるでしょう」

「見事な観察力だ」

「この分野に関しては、プロなので」

「……そうだな」

「また質問ですか？」織部は微笑する。「疑われてます？」

「もう、あなたは容疑者から外れている」

「よかった」

「ただし、あなたの知り合いがふたりも殺されている。色相がクリアで犯罪係数も低くても、何かがある」

「ふぅむ」

「話を聞かせてください」

2

狡噛は、織部の個室に通された。スポーツジム内の、シンプルな仕事部屋。エルゴノミクスデザインのパソコンデスクにオフィスチェア。ほんの少しだけ、時代遅れの紙の本が棚に置いてあった。ナボコフ、ボードレール、ランボーの詩集。

織部は、スポーツウェアからカジュアルな私服に着替えていた。右手にスポーツドリンクのペットボトルを持っている。

「かけてください」

彼の言葉にスマート家具が反応した。壁の一部が分離して、来客用の椅子となり、狡噛の隣に近づいてくる。

「どうも」

　狡噛はその変形する椅子に腰掛けた。

「なんの話をすればいいんでしょうかね」と、織部は首を傾げてみせる。

「あなたが今まで学んできたことから」と狡噛。

「私が？」

「脳外科医への道を進まなかったのはなぜですか」

「運動生理学にもシビュラ適性は出ていた。問題ないはずです」

「脳科学と進化生物学で博士課程を修了……進化生物学？」

「生物の多様性と自然の選択について。なにが生物を進化させるトリガーなのか……。そういう学問ですね。趣味の延長ですよ」

「趣味にしては時間も労力もかかる」

「人間の進化については、いまだに謎が多いんです。進化の切っ掛けがなんだったのか……それすら特定できていない」

　織部は楽しそうに続ける。

「言語が進化の鍵だという学者がいる、脳のサイズだという学者もいる……。しかし私は、進化の鍵はこの『からだ』そのものだと思う」

「『からだ』」

確認するように狡噛はつぶやいた。

織部はうなずき、

「体が進化すれば、魂はあとから勝手についてくる……。類人猿と原生人類では、体の構造がわずかに違う。この『わずかな違い』こそが、進化の決定的な差異だったのではないか。手足の指の配置、関節の位置、筋肉の強度――。それこそが、知能の元になった」

「仮説ですね」と、狡噛。

「もちろん、証拠はない」織部は笑う。「しかし、人間の運動能力には謎が多い。報酬系快楽物資のエンドルフィンにしても、長時間の持続的な運動によって分泌させるのは高等哺乳類では人間だけらしい」

「たしかに、猿やチンパンジーにマラソンやジョギングは似合わないな」

「人類学者のロバート・アードレイは、一九六一年、『アフリカ創世記――殺戮と闘争の人類史』という本を発表した。人間は生まれつきの殺戮者で、武器を使うことによって種としての進化を果たした……まあ、大まかにはそんな内容です」

織部は、実に楽しそうに専門知識を披露する。

「動物行動学の始祖、コンラート・ローレンツは『刷り込み』現象の発見者として有名です。彼は『攻撃――悪の自然誌』を著し、攻撃性は動物の基本的行動のひとつとした。当時流行っていた典型的な『狩猟仮説』の流れです」

「現在は、否定されている仮説ですね」

「その通り」織部は、優秀な生徒と話すのを楽しむ教師のような口調になっていた。「人間同士の殺し合いが激しくなったのは、狩猟中心の社会が終わってからです。農耕生活が始まってから大規模な戦闘が始まった……そういう証拠がたくさん出てきた」

「でも……人類が類人猿から離れて平地で生活するようになるのと、農耕生活に移行するまでは、ずいぶん長い間があいている……」

「こういう話が通じるなんて、刑事さんとは思えない」

「刑事ですよ。ただ、読書が好きなだけだ」

織部はスポーツドリンクを飲んだ。

ごくりと喉を鳴らしてから、言う。

「つまり、武器の使用も脳のサイズも、進化によって重要な要素ではあるものの『決め手』ではなかった」

「織部さんは些細な身体構造の変化が『決め手』と睨んだ」

さっきの話に戻ってきた。

「筋は通ってるんですよ。人間性の起源を暴力性に求めるよりは、はるかに……ね。昔から言うでしょう……『健全な精神は健全な肉体に宿る』。私ふうに言い換えればこうです……『肉体の変化が精神を成長させる』。遺伝子にはＯＮ・ＯＦＦスイッチのようなものがあり、それを決めるのは身体的な刺激という説もある。こういったことを研究するためには、脳科学と進化生物学、さらに運動生理学を同時に学ぶ必要があった」

「では、織部さんにとってスポーツトレーナー・カウンセラーというのは生活のための手段にすぎない？」

「そんなことはありませんよ。進化に関する研究は、さっきも言ったように『趣味の延長』」

「運動生理学について少し教えてください」

狡噛は訊ねた。

「運動と、それにともない体の仕組みや機能がどう変化するか……。運動機能の向上のためにどんな科学的なアプローチが可能か」

「それが、運動生理学」

「シビュラシステムの導入で、運動生理学も変わった。激しい運動を行うことで、色相を濁らせずにストレスに強い脳を作っていくことができる」

「…………」

「サイマティックスキャンを一般市民が分析することはできません。シビュラシステムの診断ならなおさら……。巨大なブラックボックスシステムと言っていい。ただし、スポーツによって脳の前頭連合野や運動前野を鍛えることで、ある程度色相をクリアにできることは判明している」

「――趣味も仕事も、全部延長していく」

そんな狡噛の言葉に、織部はゆっくりとうなずき、

「すると、すべてがゆるやかにつながる」

「あなたはなんで監視官になったんですか？」

逆に、織部のほうが質問してきた。

「俺ですか……？」

「ええ」

「今日は、あなたの話を聞きにきたんだが」

「時間稼ぎはやめてほしいな」織部の表情が真剣なものになっていた。「あまり時間をかけずに、考えずに。思いついたことをどんどん答えてほしい」

「…………」

「私の犯罪係数は問題なかった。容疑者でもないのにこうやって捜査に協力している。私にも会話を楽しませてほしい」

「わかりました」

狡噛は、あえて相手の誘いにのった。

「人を守る仕事がしたかった」

「……なるほど」

「自分で言うのもなんだが、昔から苦手なことは少なく、得意なことが多かった。特に、誰かを守るってのは俺に向いてると思った。体も丈夫だし、教育課程の成績も悪くない。シビュラシステムの評価も上々。公安局キャリアもあっさりA判定だ」

ここで狡噛は、一拍間を挟んでから、言う。

「確かめたくなったのかもしれない。自分がどの程度の人間なのか……。あとは、期待だ」

狡噛は言った。

織部は首を傾げる。「期待？」

「世の中には、俺じゃないと対応できないような犯罪者がいるんじゃないか……という期待だな。公安局で刑事をやってれば、本当に悪いやつに会えるかも、ってね」

「本当に悪いやつ」

「シビュラシステム運営下でも、わずかな隙間をかいくぐりながら犯行を繰り返す……心技体に優れた犯罪者。他のやつには手に余る。だから、俺が処理するべき悪意」

「自信家ですね」

そう言った織部は、満足げな顔だった。

「あなたに掘り出されただけだ」と、狡噛。「いま、質問されるまで、この答えは存在していなかった」

3

織部に対する疑念を深めて、狡噛はスポーツジムをあとにした。スマート・パトカーに乗り込んで、自動運転機能に「公安局」と行き先を指示する。

――空振り――だったのだろうか？

織部は自分について語った。彼が犯人だとしたら、事件解決に有用な情報だと言えるだろう。しかし、彼は犯人ではない。犯罪係数がそれを示している。

たとえば、数少ない例外――「いくつかの街頭スキャナが不調」という状況はなくはない。しかし、恐ろしいほど偶然が重なったとしても、シビュラの目であるドミネーターが出した犯罪係数は絶対だ。シビュラを疑ってはならない。

ドミネーターは間違えない。

とはいえ、何らかのトリックに「ごまかされる」ことはあるかもしれない。

つまり――ドミネーターが間違っているのではなく、ドミネーターの使い方が間違っている可能性。

――それしか考えられない。

自動運転中、狡噛の携帯端末に分析室から連絡があった。

『分析室の真流だ。世田谷区でエリアストレス警報。色相真っ黒の潜在犯がうろついてる』

「こちら狡噛」

「世田谷区？」

『お前のとこから近いだろ』

「わかった。急行する」

『今、和久が執行官連れで向かってるから』

「潜在犯が何かやらかす前に俺がおさえるさ」

『まあ、待て。公安局の規定だと、暴力的な事態が想定される場合、監視官はできるかぎり執行官に現場を任せて自分の色相維持に――』

「別に監視官がやっちゃいけないって強制力はない。臨機応変にいくさ」

『執行官じゃないんだ。色相には気をつけろよ！』

携帯端末の通信を終了し、狡噛は自動運転を手動に切り替えた。

スマート・パトカーのフロントガラスには、ホログラムディスプレイの表示機能がある。狡噛はディスプレイの立体マップを、緊急警戒モードに切り替えた。街頭スキャナやカメラ、そして市街警備のドローンとマップを同期。近辺の警戒状況と、移動する潜在犯の記号《ブリップ》が浮かぶ。

狡噛はハンドルをきってマップ上のブリップを追いかけた。

「このあたりのはずだが……」

ドミネーターは持ってきている。執行官と違って、監視官は公安局の備品を扱うのにもある程度の裁量権がある。

織部がいるスポーツジムからそう遠くない。潜在犯は、かつて大学だった場所に逃げ込んだようだ。広い敷地は改装され、アート作品の屋外展示場になっている。

捜している間にも、ホログラムディスプレイで、街頭スキャナに読み取られた潜在犯の情報が次々と更新されていく。

潜在犯――津嘉山雅史《つがやままさし》。

「くそっ！　また肉体強化アスリートか！」狡噛は思わずダッシュボードを強く叩いた。

しかも、津嘉山は例のスポーツジムに通ったことがあり、織部とも接点がある。どういうことだ？　何があって彼の色相は悪化した？　津嘉山は逃げてどうするつもりなんだ？

ブリップが近づいてきたので、狡噛は車のスピードを落とした。屋外展示場の、抽象的なデザインの大型彫刻の間をゆっくりと通り抜けていく。スマート・パトカーの動体センサーと赤外線センサーが周囲をチェックする。潜在犯は近い。――が、姿が見えない。

携帯端末に着信が入った。

『和久です』

「どうも、今現場で――」

そのときだった。

突然、大きな拳がパトカーの側面ガラスを突き破って、狡噛の首をつかんできた。

そばに、巨大なサイの彫刻があった。その陰に潜んでいた津嘉山が、不意をついて襲いかかってきたのだ。パトカーのセキュリティが、今ごろになって警告音を発したが遅すぎる。

「――ッ!」

――いや、津嘉山の動きが速すぎるのか。

パトカーの強化ガラスが、一撃で粉々に粉砕されていた。首を絞められながら、狡噛はディスプレイに表示されていた津嘉山の情報を思い出す。彼は肉体強化された本職の格闘家だ。投げだけでなく打撃もあるアドバンスド柔道の選手。人間同士のプロ興行はシビュラシステムによって禁止されているので、津嘉山の相手はロボットやドローンだ。格闘興行はロボット・ドローンメーカーにとって格好のテスト場所でもあるので、当然力を入れた新技術を投入してくる。厳しいレギュレーションのなかでも、人間の勝率は年々低下している。それでも、津嘉山の戦績は立派なものだ。

車の左側のガラスを割って突っ込んできたのは、津嘉山の太い右腕だった。それが片手で狡噛の首をつかんで、ぐいぐい絞め上げてくる。細い首だったら、一瞬でへし折られていただろう。狡噛のトレーニング好きが少しは役に立った。

狡噛の頭の中が真っ白になった。ロボット相手のスパーリングではない。本物の人間に、本物の殺意を向けられる恐怖。吐き気がこみあげてきて、膝が笑い出しそうになる。必死に歯を食いしばり、恐怖と混乱を噛み殺す。——落ち着け、落ち着け、落ち着け！　冷静にならなければ、勝てない。自分に勝たなければ、敵に勝てるわけがない。

「くぅ、うっ……！」

苦悶しつつ、狡噛はアクセルを踏み込んだ。

パトカーが急加速する。

津嘉山の体が、車に引きずられるようになった。

しかし、津嘉山はそれでも首を絞める手を放さない。狡噛はハンドルを動かして、車の左側を手近な彫刻にぶつけた。大きな音が鳴り響き、車体が歪んで停止する。人工知能制御の可変エアバッグが作動。狡噛の体が柔らかい素材に包まれる。

彫刻は、大理石そっくりの質感を再現した美術用バイオプラスチック素材。それに大きなヒビが入り、さすがの津嘉山もようやく離れた。

「かはっ……！」

息を整えながら、狡噛はホルスターからドミネーターを抜いた。

「エアバッグ、オフ！」

狡噛の音声を認識して、エアバッグが自動的に萎んだ。

ドミネーターを構えて、車を降りる。

すぐに津嘉山を撃つつもりだったが――

「な……！」

狡噛の頭上で人影が躍った。

車と彫刻に挟まれたのに、津嘉山はほとんど負傷していなかった。

津嘉山は車体を飛び越えて、狡噛に躍りかかってくる。

4

津嘉山は頭に毛が一本もなかった。細い目をした大男だ。柔道家らしく、特に上半身の筋肉の発達が著しい。練習中にそのまま飛び出してきたかのようなジャージを着ている。

狡噛は潜在犯にドミネーターを向けようとした――が、それより早く津嘉山の蹴りがきた。ドミネーターを弾さ飛ばされる。

そのまま、津嘉山は狡噛の目の前に着地した。

着地した瞬間に、隙があった。

このとき、狡噛の脳裏にはたくさんの選択肢が浮かぶ。

殴るか、蹴るか、タックルするか。

蹴るのなら、上段中段下段のどれにするか。殴るのなら、ジャブフックストレートワンツーのどれか。

実戦慣れするというのは、より短時間でより的確な行動を選ぶということだ。そういう意味では、狡噛も津嘉山も、「対人間」の実戦経験は少ない。あとは素質の勝負になる。ためらいなく素手で人間を攻撃するのには素質がいる。単純な暴力性だけではない。緊急時でも冷静に判断する胆力の話でもある。

胆力――これに関しては、狡噛のほうに分があった。

相手は柔道家――タックルや投げではない、打撃でいく。

狡噛は落ち着いて、素早く判断。

最初は、ローキック。

全身を使って、体重を乗せて、真横から相手の太腿を蹴る。

バシッ！　と凄まじい音がした。狡噛には効かせた実感があった。

さらに狡噛は二発目のローキック。これもヒット。

ここで、津嘉山は狡噛の足をつかみにいく。

狡噛は素早く足を戻して、津嘉山の手をかわした。

津嘉山が、狡噛の服の襟をとりにいった。

狡噛は柔道家につかまれるのを嫌がって、左拳の速いパンチ——ジャブを立て続けに打つ。

津嘉山の顔面で、乾いた音が弾けた。

鼻血が噴き出したが、この程度で津嘉山は止まらなかった。肉体強化アスリートの体力と防御力は「普通の」人間を凌駕《りようが》している。

殴られながらも前進し、津嘉山はとうとう狡噛をつかむことに成功する。

——投げられる、まずい。

そう思った次の瞬間、狡噛は津嘉山に頭突きを食らわせた。

ただ格闘技を練習するだけでは、とっさに頭突きは出てこない。

これは、狡噛の才能だった。

頭突きで津嘉山の前歯が折れる。

折れた前歯が当たって、狡噛の額が少し切れた。

津嘉山の手の力が緩んだので、狡噛はそれを振り払った。

よろめきながら、津嘉山はそれでも足払いを仕掛けた。さすがにこれはかわせず、狡噛は倒される。肉体強化アスリートの頑丈さは想像以上だ。

「く!」

狡噛は受け身をとった。体の側面を強く打ったが、骨や筋肉を痛めるほどではない。

津嘉山は、右足で狡噛の頭を踏みつける。

狡噛は倒れたままその足をつかんで、横にひねった。軽く膝関節を極めながら、狡噛自身回転しつつ、投げる。津嘉山はきりもみ状態で倒れる。

津嘉山は、自分から派手に飛んだのだ。そうしなければ、膝関節が壊れていた。

肉体強化アスリートでも、関節の構造は普通と変わらない。どんなに薬物や強化パーツを使っていても、骨が折れたらその部分は使えない。

狡噛は倒した津嘉山に前転で近寄り、腕をつかんで関節技をかけにいく。

津嘉山は体を反転させ、逆に狡噛の腕をつかんだ。下から、両足で狡噛の首と右腕を挟み込む——三角絞めだ。

凄まじい力がかかって、狡噛は一瞬で死にそうになった。

目の前が薄暗くなり、気が遠くなる。

——このままやられるわけにはいかない。

狡噛は歯を食いしばり、必死に体を引いて、絞められたままだがなんとか腰を上げた。中腰の姿勢で体をひねり、自分の膝を津嘉山の脇腹に突き立てる。そこは、肉や脂肪が薄い、骨の隙間だ。

津嘉山が激痛に気をとられた。

狡噛は津嘉山のサイドに回りこんで、絞めてきた足を外した。

サイドから津嘉山の背中に左腕を回し、手前に引き起こす。そこから狡噛は津嘉山の首を抱え込み、足をかけて飛びつき、今度はこちらが絞める。

一気に力を込めて、絞め落とす。

「……！」

津嘉山の体から力が抜けた。

「かはっ……こほ……！」

狡噛は、意識を失った津嘉山から離れた。

――危なかった。最後の三角絞めは本当にやばかった。

狡噛はよろよろと自分のドミネーターを拾う。

拾った直後――狡噛の背後でゆらりと人の気配が動いた。

津嘉山だ。

あっという間に意識を取り戻していた。

「くそ……！」

慌ててドミネーターの銃口を向ける。

『執行モード・リーサル・エリミネーター・慎重に照準を定め・対象を排除してください』

殺したくはない。

だが、ドミネーターは……シビュラシステムはそう思っていない。

狡噛も、何度も首を強く絞められて意識が朦朧《もうろう》としている。このまま撃たなければ、殺されるかもしれない。

引き金を引いた。閃光《せんこう》が走って、津嘉山の体を内側から沸騰させる。彼の鍛えられた体が変形し、不自然に膨張して、ぐにゃぐにゃと輪郭が歪んだ。膨らんだ顔から両目が飛び出しそうになっている。その両目が、玉子焼きの白身のように濁っている。

津嘉山は破裂した。

皮膚が破れて、包まれていた内臓が地面に落ちる。内臓は、赤く濡れた出来損ないのソーセージを思わせた。

5

あちこち痛めていたので、狡噛は医療用ドローンが3Dプリンターで作成したサポーターをつけることになった。鎮痛剤を飲み、サポーターをつけた状態で、捜査のために翌日から公安局に顔を出す。

和久に呼び出されて、真流の分析室で顔を合わせた。

「津嘉山の捜査はどうなりましたか、和久監視官」

「真流さん」

「はいよ」

和久に促されて、真流がホログラムモニタに映像を出した。

『今のアスリート界は間違っている……俺は、知り合いを殺したくなるまで追い詰められた……警告のために、この動画を投稿しておく』

映像のなかでしゃべっているのは、津嘉山だった。

『スポーツの……さらなる高みへ……俺は……シビュラシステムが人間同士の試合を禁止

していることに反対する……現状を受け入れているアスリートたちを、否定する。多少過激なことをしなければ、この問題は解決できない……』

まるで、夢を見ているような口調だ。

「津嘉山は、動画投稿サイトにデータをアップロードしていた。いわゆるタイマーつき。時限式で公開されるタイプ。連続殺人の犯人は自分だと告白している」

「バカな」

狡噛は即座に言った。

「津嘉山が犯人だとしても、こんな動画を投稿する意味がわからない」

「警告だと言っていますね」

「危険な動画はすぐに削除される」と、狡噛。「シビュラシステムのネットセキュリティは甘くない。こんな投稿無意味だって、子どもでもわかりそうなものだ……」

「狡噛くんの言うとおり」和久はうなずく。「この動画はほとんど拡散することなく、公安局で押さえました」

「じゃあ……やっぱり、なぜ?」

「色相、メンタル面での混乱の結果としか言いようがありませんね」

和久が少し苦い顔で言った。

「第一、津嘉山が投稿した動画では手口がわからない」狡噛は眉間にしわを寄せる。「どうやってクラッキングしたのか、どうやって街頭スキャナをかわしたのか……」

「ドローンで津嘉山の自宅を捜索したところ」和久は続けて言う。「真空パック、筋弛緩剤と塩化カリウム溶液、レーザーメス。犯行に使用されたものの一部が出ました。津嘉山の自宅浴室からは血液反応、被害者のＤＮＡも」

「それは……！」

「現時点、被害者周辺で色相が濁った潜在犯は確認できていませんが、局長からはこの事件に手間をかけすぎだと厳しい意見が出ています。『もうそろそろ終わらせろ』と。犯罪件数は激減したとはいえ、潜在犯は定期的に、一定数発生する」

「………」

狡噛は納得したい、と思った。勝手に、拳に力がこもる。これで納得しなければ、色相が濁りそうだ。

「狡噛くんの気持ちはわかります……」と、和久は狡噛の背中を軽く叩く。「不自然な点があまりにも多すぎる。しかし、この事件はドミネーターで関係者をチェックした時点である意味手詰まりだった。それがこうして解決するなら、我々はそれで納得すべきでしょう」

事件は解決した──そういうことになった。

三係は、またすぐに次の事件へ。監視官と執行官の忙しい日々。

狡噛は三係の監視官から、一係に配置換え。
そして、狡噛に降りかかったあの決定的な事件。
狡噛の色相、犯罪係数の悪化。監視官から執行官への降格。
肉体強化アスリート連続殺人から、八年が過ぎた。

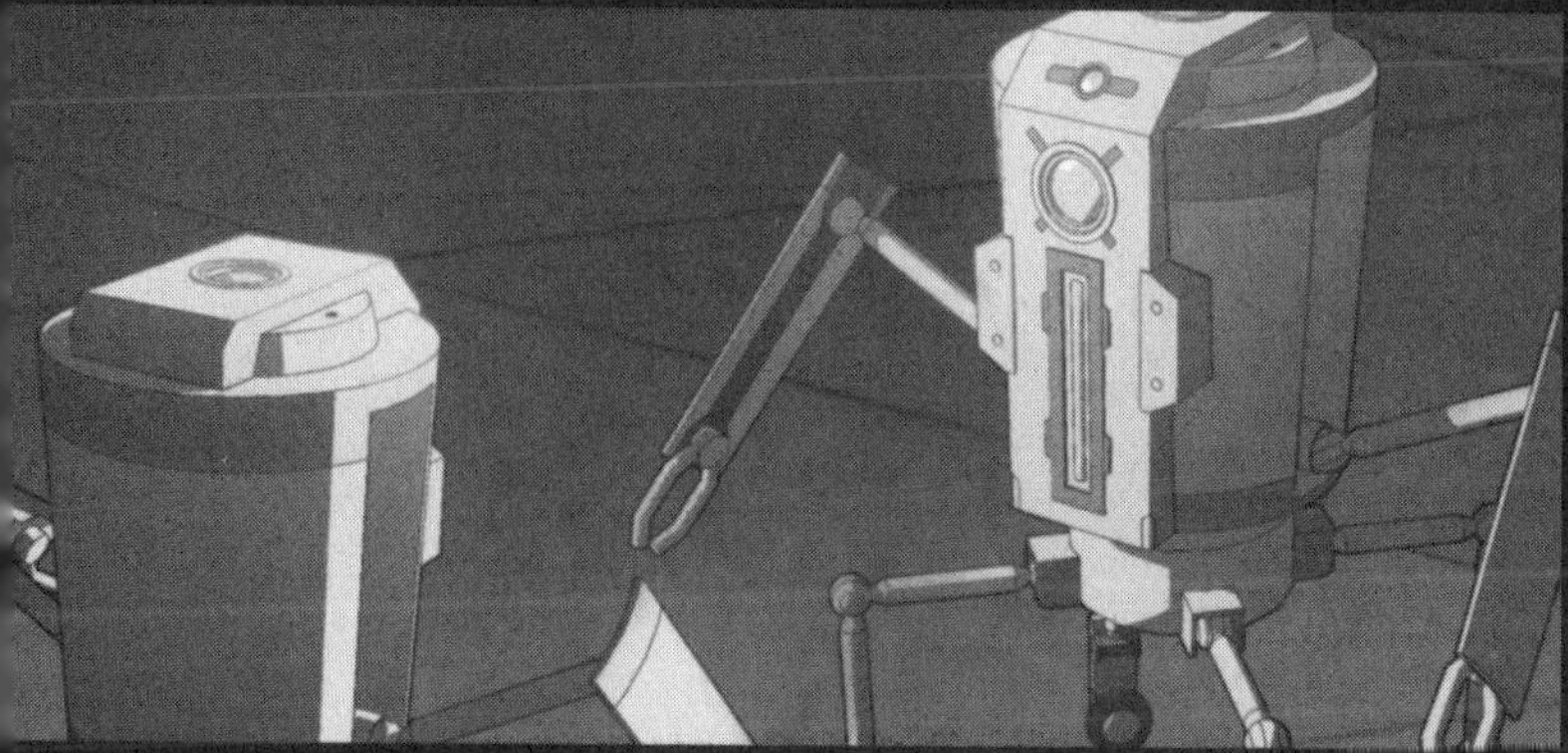

事件現場は、世田谷区の商業地区にある大きな図書館だった。

「奇妙……ですか？　ひどい死体とか？」

「ひどいといえばひどいが、凄惨さより奇妙さが目立つ」

宜野座はメガネの位置を正し、建物の方向をあごでしゃくる。

「現場に行けばわかる」

図書館――といっても、電子書籍化が進んだ今では、古書保管庫といったほうが正しい。書架には、小型の気密性ケースが大量に並んでいた。図書館ではなく貸し金庫室のようにも見える。

図書館の二階、その一番奥――。関係者以外立ち入り禁止のホロテープがはられた向こう側に、宜野座が言っていた「現場」があった。気密性ケースの引き出しが数十個ほど開けっぱなしになっていて、それを鑑識・証拠収集用の昆虫型マイクロ・ロボットが調査している。

引き出しを覗きこんで、常守が眉間にしわを寄せた。

「なんなんですか……これ……？」

本来なら貴重な古書を収めておくべき場所に、真っ赤なゼリーがみっちりと詰まっていた。

開けっぱなしになっている引き出し数十個すべてに、同じ色のゼリー。

狡噛は携帯端末を見てマイクロ・ロボットの報告に目を通し、言う。

「分析によれば、これが『死体』だそうだ」

よく見れば、ゼリーの中身には肉片や皮膚の切れ端、骨のかけらが浮かんでいる。

1

公安局刑事課一係の大部屋で、最初の捜査会議が行われた。

担当するのは常守朱監視官。

その執行鎮圧補佐として、狡噛と縢《かがり》がつく。

他に大きな事件が入っていないので、六合塚《くにづか》と征陸は休暇。

まだ新人である常守をフォローするために、先任監視官の宜野座が相談役として公安局で待機する。

「被害者の名前は大野黄太《おおのこうた》」

分析官の唐之杜志恩《からのもりしおん》が説明を始めた。

「教育課程の一八歳。シビュラによるアスリート適性が出ていて、卒業後の進路もそっち系を目指していたみたいね。専門のスポーツジムでもうトレーナーがついてる」

「スポーツジム？」

急に引っかかって、狡噛は訊ねた。

「世田谷区の織部ジムね」

「織部……」

つぶやいて、狡噛はハッとする。「……？」その隣で首を傾げる常守。

「大野黄太は……」唐之杜は続ける。

街頭スキャナにひっかからなくなって二日間。もう一人暮らしをしていたから、家族もそれほど心配していなかった、と」

「せんせー」

と、執行官の縢秀星《しゅうせい》が手を挙げる。

「なんなのこの死体。死体っていうかゼリー」

「はいはい。『死体ゼリー』について」

唐之杜はモニタに赤いゼリーを表示する。

「分析の結果によれば、大野黄太はハイパーオーツの粉砕機に放り込まれて死んだ」

人類文明の崩壊としか言いようがない大規模な社会秩序の混乱が発生し、日本はシビュラシステムの導入と徹底的な鎖国でそれを乗り切った。崩壊後の食糧事情を支えるのが、ドローンでの栽培に適した、自然界ではありえない抜群の収穫率を誇る遺伝子改造麦——ハイパーオーツだ。ハイパーオーツ加工物で、米やパン、肉や魚、野菜の食感さえも再現できる。

「まず、大野黄太をレーザー工具で切断。おにぎりくらいにしてから、ハイパワーな粉砕機に……。犯人は大野黄太を粉状にして、バケツかなにかにためて、それをハイパーオーツ料理用の加工ゼリーで吸収した」

「…………」

常守は、うっぷとこみ上げてくる吐き気を抑えるために口に手を当てた。

「どうした?」と狡噛。

「いや、ちょっと……さすがに胸にくるものが……。おにぎりとか、そういうたとえやめてくださいよ。明日からもうハイパーオーツの料理食べられないような……」

「監視官がその調子でどうする」宜野座が厳しく言った。「シビュラシステムの導入、潜在犯隔離で治安は劇的に向上した。それでも、この社会で犯罪を起こす人間はいる。衝動的な犯罪は楽に対処できるが、街頭スキャナの隙をついて計画犯罪をするやつが……。そういうやつはたいてい、こちらの予想を上回る異常性を発揮するものだ」

「網から漏れたやつをドミネーターで『処理』するのが俺たちの仕事ってね」

軽い調子で縢が言った。

「どんな手を使っても、シビュラの目はごまかせない」

「街頭スキャナやセキュリティのカメラはどうなってたんだ？」

狡噛が訊ねた。

「図書館は古い建物で、セキュリティのカメラは少なく、そこの監視を抜けるのはそんなに珍しくない」唐之杜が答える。「問題は、街頭スキャナね。ここに、色相が濁った人間が行き来した記録はなし。普通ならありえないわねー、これは」

「死体ゼリーを運んでいる場面は映ってない、と……じゃあ」狡噛はさらに訊ねる。「ちょっと織部ロマの情報を出してくれ。織部のここ最近の街頭スキャナ記録を」

「織部……？」唐之杜は怪訝そうに眉を歪める。「なんの関係があるの？　被害者が通ってたジムの経営者だけど……」

「実はな……初めてじゃないんだよ。俺がまだ監視官だったころ、肉体強化アスリートばかりを狙った連続殺人があり、彼はその重要参考人のひとりだった。そのときは、まだ経営者じゃなかったな」

「あの事件か……！　しかし、あれは……」

　宜野座も覚えていたようだ。

「色相が濁って逃亡した犯人を狡噛が追跡、エリミネーターが起動して、解決したはずだ」

「もちろん、解決した……そういうことになっている」

　狡噛はまだ何か言いたそうだったが、ここで話を先に進める。

「まあ、ここで街頭スキャナのデータに顔認識システムをかぶせるくらいなら別に損はしないだろう。頼むぜ分析官」

「はいはい……顔認識システムね」

　登録されている織部ロマの顔写真を分析し、コンピュータ内で立体モデルとしてデータ化する。この顔データを街頭スキャナの記録に流し込むだけで、その人物がいつどこで何をしていたのか、詳細に追跡できる。

　街頭スキャナの記録から、適合箇所がピックアップされてセニタに表示された。

「去年二回、先週に二回、織部ロマは事件現場の図書館周辺で街頭スキャナに記録が残ってる。でも、死体発見前だし、死亡推定時刻ともかなり外れている……色相もクリア」

「映っているのがわかればそれでいいんだ」

　狡噛は満足げに言った。

2

まずは、怨恨の線で捜査を進めることになった。大野黄太に恨みがありそうな人間に話を聞きに行き、怪しいと思ったらドミネーターでチェックする——それを繰り返す。宜野座は公安局で、唐之杜とともに証拠の分析とドローンによる遠隔捜査を行う。

「狡噛」

刑事課の大部屋を出る際、狡噛は宜野座に話しかけられた。

「誰かと交代するか?」

「なんだよ、ギノ」

「お前は、この事件の捜査に向いていない。妙な思い込みがあるように見える」

「ないよ」

「本当か?」

「三年前の標本事件みたいに、か?」

狡噛の言葉に、宜野座の顔が硬くなった。

「…………」

「あれは未解決事件だ。だが、これは解決してる。あの事件とは違う」

「わかった」

宜野座が離れると、常守が近寄ってくる。

「なんの話だったんですか？」

「どうってことはない、他愛ない話」

はぐらかした狡噛に、常守は不満顔だ。

「むー、仲間はずれにする気ですね……」

「そういうんじゃないよ」

「よー、コウちゃん」縢もやってきた。「まずは、どこから聞きこむの？」

「織部ロマ」と、狡噛は即答。「八年ぶりに、会いに行く」

世田谷区のスポーツ・トレーニング‐カウンセリング・センター。

織部ジム。

そこに、狡噛、常守、縢の三人で入っていく。

玄関ロビーで数人の肉体強化アスリートとすれ違った。ウェイトリフティングや陸上競技系の選手たちで、すさまじい体格だった。スーパーコンピュータで計算された薬物投与と最先端トレーニングの成果。頑丈な骨格に、粘土のように筋肉が盛ってある。そんなたくましい男性アスリートたちを見て、常守は「ほわ……！」と驚きのため息をついた。

「肉体強化アスリート……こんな間近で見るの、初めてです」

「まあ、普通はホロかバーチャルだよね」と、滕。

「すっごい、存在感が違いますね」

「あらあ、朱ちゃん、マッチョ好き」

「ええ……？　なんでそうなるんですか……」

「ほらほら」狡噛は先を急ぐ。「滕と遊ぶな、監視官」

「遊んでないですよ……」

八年前、織部ロマはこのジムのいちトレーナー‐カウンセラーにすぎず、標準的なサイズの仕事部屋をひとつ与えられているだけだった。今の織部は、このジムのオーナーだ。それにふさわしい広い部屋を使っている。

「…………」

織部の部屋に入って、狡噛はさりげなく周囲を見渡した。

部屋はかわっても置いて、あるものには八年前とそれほど変化はなかった。エルゴノミクスデザインのパソコンデスクにオフィスチェア。そして壁の棚に、十数冊の紙の本。ナボコフとボードレールを中心に。

「ナボコフが増えてる」

棚を見て、狡噛は思わずつぶやいた。

ロシアで生まれ、欧米で活躍した亡命作家。狡噛も『ロリータ』と『ディフェンス』、『文学講義』くらいは読んだことがある。

「好きな作家なんですよ」

それを聞きつけた織部が、笑った。

「八年前の本棚と比較したんですか？　信じられない記憶力だ」

「つまらないことはすぐ忘れる」

「脳にディスク増設してるとか？」

「脳改造は、未知の腫瘍を生み出すリスクがある……そんな研究結果もあるそうだ」

「わかります。脳は大切だ」

うなずいて、織部が自分の椅子から立ち上がった。

童顔なのか、そういう処置をしているのか、とにかく織部の見た目は八年前からほとんど変わっていなかった。

「狡噛刑事」

「久し振り」

「変わらないですね。主に顔が」

「あんたほどじゃない」

織部と狡噛の間に流れる旧知の空気に戸惑いつつ、

「監視官の常守です。こちらは執行官の縢秀星」

常守は携帯端末で刑事手帳のホロを表示。

「どうもー」

と、縢は手を振って軽い挨拶。

「ここ、あんたのジムになったんだな」

狡噛が言った。

「前の経営者が引退して……後継者として、私にシビュラの推薦が出た」

「シビュラ推奨経営者」

「そういうことです」

「教育課程の若者が殺された」

「大野黄太さん。知らせを聞いて驚きました……残念でした」

「あんたの犯罪係数を改めてチェックする」

狡噛は織部にドミネーターを向けた。

「あ！」と、常守が驚きの声をあげる。

犯罪係数は五〇以下、とても低い。

「やっぱり、あんたは犯人じゃない。犯罪に関わってもいない」

狡噛はドミネーターをホルスターに戻した。

「なに考えてるんですか、もー！」

そう叱りながら常守は狡噛の背中を軽く叩いて、

「すみません、いきなり警告もなしに銃を向けるなんて……」

織部に向かってペコペコと頭を下げた。

「……ずいぶん乱暴になりましたね」

織部は余裕の笑みを浮かべている。

「八年前にも、このジムの関係者が何人も死にました」

常守が、真剣な表情になって言った。

「あれは解決しましたよね」

「でも、犯人もこのジムに通ったことがあった。これは確率的にも異常です」

連続殺人の犯人――津嘉山雅史。アドバンスド柔道の選手。当時監視官であった狡噛を襲撃し、返り討ちにあった。津嘉山の死で、アスリート連続殺人は解決した――少なくとも、記録上はそういうことになっている。公安局の主要な仕事は潜在犯の摘発であり、多少疑問点が残っても事件の継続捜査は基本的には行われない。

「今回の被害者、大野黄人さんは教育課程の一八歳」

常守が、おそらく意識して事務的な口調で言った。

「シビュラによるアスリート適性が出て、この織部ジムで体を鍛えていました。街頭スキャナにひっかからなくなって二日間が経過し、死体で発見。織部さん、トレーナーとして、なにか心当たりはありませんか？」

織部は頭を振った。

――大野黄太は誰かに恨まれていなかったか。

――大野黄太は悩んでいなかったか、怪しげな薬に手を出していなかったか。

――大野黄太に家族間のトラブルはなかったか。

狡噛たちは他にもいくつか質問をぶつけてみたが、手がかりになりそうな答えは返ってこなかった。

3

公安局に戻るなり、狡噛は縢に休憩所に引きずり込まれた。

「おいおい、なんだよ縢」

「事件捜査中にこんな話もなんだけど……ほら、例の」

「あ」

　ここで、狡噛も思い出した。

「新人監視官の歓迎会」

「そ。朱ちゃーん、ウェルカームって」

「監視官を朱ちゃんとか呼ぶなよ……」

「お、コウちゃんそういうの気にする？」

「別に。常守が嫌がらないならな。ただし、ギノは嫌がるだろうな」

「オッケー。で、歓迎会の話」

「どんな感じだ？」

「店の予約がとれなかった……」

「なんだよ〈カンパーニュ〉とれなかったのか」

〈カンパーニュ〉は、縢と浅からぬ因縁があるレストランだ。腕の良い女性シェフが、天然素材を多用した料理を提供している。常守が来る前に、一係が招待されたこともある。珍しく、あの宜野座が味を褒めていた。「パンが特においしい」と。

　狡噛は胸のうちでつぶやく――あいつ、ああいうところはちょっと可愛いんだよな。

「〈カンパーニュ〉にはいつか朱ちゃんを連れてくさ。そうしたら、俺もあのレストランに行く機会が増えるしね。一緒に行きたい店がある、ってのはもう伝えてあるんだ。まだ朱ちゃんはピンときてないみたいなんだけどさ……」

執行官の外出には厳しい制限がかけられている。監視官が同行する場合は例外だが。

「たとえば俺が天然素材で本物の料理をごちそうするわけよ。そんで、朱ちゃんがそれを気に入れば、向こうから〈カンパーニュ〉に興味を……」

「話がそれてるぞ」と狡噛。

「そうだった。で、俺たち時間もないじゃない」

「だな。どんなに犯罪が減ったといっても、刑事課の人手不足はシステム上慢性的だ」

「次の店ってのが候補難しくて……」

「でも、公安局の食堂ってのはヤだよな。でも、それ以外となると執行官の立場だと面倒くさいこともあるしな……」

話しながら、ふたりは自動販売機でジュースを買う。いわゆるコミッサ印の、公安局専用ボトル。狡噛はスポーツドリンク、縢は甘い炭酸飲料だ。

「ガミガミメガネはこういうのあんまり手伝ってくれないし」

縢のそんな言葉に、狡噛は顔をしかめる。

「それ絶対にギノの前で言うなよ」

「それ?」

「ガミガミメガネ」

「ああ。了解であります！」

そう言ってぺろりと舌を出し、ウインクし、指でVサインを作る滕。

「なんだよ今の動きは」

「気をつけます、という固い意志のあらわれ」

「固い意志なんて微塵も感じなかったぞ」

「あっれー、おっかしーなー」

「とにかく、いい場所がないか俺も考えておくよ」

「いい材料が手に入んなくて、料理もたぶんオートサーバまかせになっちゃうだろうから
さ……頼みの綱はコウちゃんだよ」

「ただし、捜査中の事件を解決しなきゃ歓迎会どころじゃない」

「ガイシャのこと考えながらじゃ、まあ浮かれてられないよね」

「ガイシャって……こういうときはホトケさんでいいんだよ」

「ふうん」

「……俺たちは刑事だ。犯罪係数が高かろうが潜在犯だろうが関係ない。ホトケさんの無
念を晴らす」

「コウちゃんととっつぁんってたまに似てるよね」

「それも、ギノの前では言うなよ」

「……なんで？」

「わかるだろ」

「わかんないな」

「察しろよ、そこは」

狡噛と縢の携帯端末が同時に着信の電子音を鳴らした。同時に出る。ふたりとも、携帯端末のホログラムに常守朱が表示される。狡噛と縢は顔を見合わせた。

「どうした？」と狡噛。

『すみません……！』常守は困惑顔だった。『あの、亡くなった大野黄太さんのご遺族がいらっしゃったので……』


狡噛と縢は公安局の霊安室に向かった。大学や病院でやっていた昔と違って、今は司法解剖もすべて公安局で行われる。そのため、被害者の遺体も、遺族に引き渡す前にはしばらく局内霊安室に保管されるのだ。

身分データ照会はＤＮＡレベルですでに済んでいるので、遺族が顔を確認する必要はない。ただ、これは儀式のようなものだ。通常、人間の死は段階を経て見送られていく。死を確認し、死を受け入れ、悲しみを健全なものとし色相が悪化しない手順として入念に葬儀を行う。大野黄太の両親には地位も資産もあったので、唐之杜志恩が完璧なエンバーミングを施した。

エンバーミング——死体の保存と修復のこと。

今回の事件はあまりにも遺体の損壊がひどく、さらに異常なものだったため、大野黄太の外観は、生前のデータをもとに3Dプリンターの生体モデルで再現された。その材料は、生体適合性マテリアル、人工生体高分子、高性能チタン合金などなど。つまり中身が詰まった人形のようなものだが、遺族には見分けはつかないだろう。

美しい死体であることが重要だ。そうやって「苦しみのない安らかな死だった」と伝えて、遺族を安心させ、色相を濁らせない。

唐之杜志恩は医師免許を持っている。ただの分析官ではない。エンバーミングも手慣れたものだ。

こういった手順は、貧困層や潜在犯には許されない。特に、執行官。急に狡噛は佐々山のことを思い出した。殺された部下。いや——相棒だった。刺激的なことは、すべてあの男から教えられた。佐々山の葬儀は、下手をすれば金持ちのペットよりも雑な、簡素なものだった。

持たざるものは、その死すら隔離される。

貧困層、潜在犯のエンバーミングはホログラムですませることが多い。そうすると、遺族がなにかの拍子で死体に触れた瞬間ボロが出る。

狡噛たちが霊安室に入ると、先に常守が到着していた。

そして、大野黄太の遺族も。

彼の両親と、年の離れた妹。合計三人。妹は七歳くらいに見える。

エンバーミングされた大野黄太の遺体は、すでに柩に収納されていた。遺体と柩の隙間は花で埋め尽くされている。殺された息子の顔を見て、母親がほろりと涙をこぼした。父親は、眉間に彫刻刀で刻んだようなしわを寄せている。妹は、まだよく状況がわかっていない様子だった。大野黄太はもう一人暮らしをしていたので、最近会う機会が減っていた、という理由もあるだろう。

「今回は残念でした。お悔やみ申し上げます……」

公安局を代表して、常守が慰めの言葉をかけた。

「ご家族の皆様は、さぞかし無念なことと思います。犯人は、現在我々刑事課が全力を尽くして捜査中です」

「よろしくお願いします……」と、母親のほうが頭を下げてくる。

しかし、父親のほうは納得がいかない顔だった。

「息子は……アスリートの適性が出て……成績を伸ばすために一人暮らしを許したのに、

こんな……！」父親は固く握り拳を作る。「なんのために、潜在犯を隔離してるんだ。シビュラシステムはなにをやってたんだ……！」

「やめて、あなた！」

夫の怒りに、妻が反応した。

「そんなふうに考えたら、色相が濁りますよ」

「ああ……」

色相。

その言葉を聞いて、父親はトーンダウンする。

「こういう場合、犯罪被害者遺族向けのカウンセリングやドフッグの使用が推奨されています。あとで、係のものがプログラムをお渡ししますね」と常守。

「わかりました……」

「お兄ちゃん、天国にいったの？」

大野黄太の妹が口を開いた。

「そこにも、シビュラシステムはある？」

「神様っていうのはね、シビュラシステムのこと」

娘の問いに、母親が答える。

「天国でも迷わないですむはずよ」

4

「巡査ドローンと鑑識マイクロ・ロボットの調査結果も、特に目新しい情報はなし……街頭スキャナや監視カメラによる潜在犯の検索もまるで進展なし……」

うーん、と常守が首をひねる。

公安局刑事課の大部屋だ。

常守のデスクを中心に、狡噛と縢が集まっている。

「死体を設置してから、犯人が消えた。瞬間移動できる犯人？」

という常守の言葉を、

「それができるなら、俺たちはお手上げだ。公安局エスパー課に回そう」

狡噛がおどけた。

「もう、狡噛さん！」

常守が頬を膨らませる。

「敵がミスしていない」と狡噛。「こちらはなにかミスをしている。問題は、俺たちはなにをミスッているのかさえわかってない」

「とんでもない偶然が重なったとしか思えない」

　滕が言った。

「スキャナの誤作動、カメラの故障……そういうのがさ、たまたま」

「そういうのは痕跡が残るだろ、ないよ、ない」

「狡噛さんは……」と常守。「あの、織部って人が怪しいとにらんでるんですよね」

「わかるか」

「そりゃもう」

「でも、ドミネーターは無反応だった……」狡噛は言った。まるでその事実が、何かの計算ミスであるかのように。

「じゃあ、犯人じゃない」

　常守は、シビュラシステムのよき住人として当然のことを言った。しかし、狡噛にはそれがどうしても納得いかない。こんなだから色相が濁るのかな……と、狡噛は密かに自嘲した。

「そこなんだ……出口のない迷路みたいだな」

「狡噛さん、あの織部ロマと昔、なにかあったんですか？」

「あった」

「それは？」

「説明すると長くなる」

そう言って、狡噛は席を離れた。

「どこへ行くんですか？」

「トイレだ。ついてくるのか」

「か、からかわないでください……！」


狡噛は刑事課の大部屋を出たが、トイレには行かなかった。かわりに、公安局の展望台、オープンテラスに足を運ぶ。

——常守に、つまらない嘘をついた。

——なぜだ？

狡噛は自問した。

とにかく、あの場で昔の話が続くのを避けたかったのだ。

常守朱はまだ、狡噛が監視官だったことを知らない。標本事件の影響で、狡噛が執行官落ちした経緯は一応機密になっている。

（機密……とはいえ）

狡噛が説明すれば、それですむ話だ。

その説明を、したくない。

なぜか、その理由が狡噛自身にもよくわからない。執行官である自分を恥じているつもりはない。覚悟の上で佐々山のかたきを追っている。――そのはずなのに。

「狡噛」

宜野座が展望台に姿を現した。

「ろくでもないことを考えてる顔だな」

メガネの位置を正しつつ、彼が歩み寄ってくる。今回の事件に関して宜野座の役回りは、まだ新人である常守をフォローする先任監視官としての「相談役」だ。

「何か用か、ギノ」

「執行官に気安く呼ばれるのは気持ちのよいことじゃない」

そう言うのなら、俺に近づいてこなければいいのに、と狡噛は思う。

「気にすんな、ストレスの元だぜ、ギノ」

「………………」

「どうした？」

「常守監視官がまた難しい事件に当たったみたいでな」

「ああ」

「『相談役』として、捜査に参加している執行官の様子を見にきた。ちゃんと彼女のサポートができているか、どうか。彼女を不要に怯えさせていないか」

「不要に怯えさせてるのはギノのほうだろ」

「なんだと」

「いや、なんでもありませんよ。監視官殿」

「ふん……」

　宜野座は鼻白んだ。

「とにかく、冴えない顔だ。狡噛慎也には珍しい」

「そうか」

「どんな時でも冷静沈着。この世に解けない謎はない……公安局初日からそんな顔をしてた」

　さすがに狡噛はむっとして、

「そんな顔をしたことはない」

「ある」

「ない」

「不毛な会話だ、やめよう」

「デジャヴだ」

「なに？」

「ずっと前にも似たような会話をした、ギノ」

「俺は覚えてない……」

「あのとき、お前に助言をもらった。頼りになるんだよ、お前は」

「本当に頼りにしてるのか？　だいたい俺はもう、お前を使う立場なんだよ」

「ああ、対等じゃない」

「……ひとつ、お前に言いたいことがある」

「なんだ、ギノ」

「執行官になったお前のなにが嫌かわかるか」

意外な話の展開に、狡噛は戸惑い、眉間にしわを寄せた。

「いや……」

「その独断専行っぷりだよ。狼のつもりか？　お前は犬だ。それを忘れるな」

「独断専行？　俺はそんなつもりは……」

「そんなつもりはない……ふざけるなよ。はたから見れば、そうなってる」

「………」

「だいたい、順序が違う。常守にもっと答えを求めろ」

宜野座の言葉に、狡噛は息を呑んだ。

たしかに、独断専行はあったかもしれない。

――ついさっき、常守から逃げたばかりじゃないか。

面倒事を避けようとしていた。なぜ、面倒事だと思ったのか？　やはり、自分の内側を少しでも見せたくない、と考えたのだろう。

それはたしかに、独断専行の一種と言える。

「サンキュー、ギノ」

「気安いぞ、狡噛」

踵を返して立ち去っていく狡噛の背中に、宜野座はいつまでも険しい視線を送っていた。

5

「手伝ってくれ、常守監視官」

と、狡噛は手首の携帯端末を差し出した。

よくわからないまま、常守は自分の携帯端末を操作し、受信モードに。

短距離の無線通信が行われた。狡噛となんらかのデータを共有する。

刑事課の大部屋で、今はたまたまふたりきりだ。

「これは？」

「八年前に起きた連続殺人の詳細な資料だ。俺なりにまとめておいた」

「でも、これは解決した事件ですよね？」

「俺は、そうじゃないと思う」

「ははあ……」

常守はすぐに、狡噛から渡された資料に目を通す。

「たしかに、今回の事件に似てますね……」

「俺が捜査に当たってた」

「そのころの狡噛さんってどんな感じだったんですか？」

「今とあんまり変わらないさ。さあ、監視官。感想は？」

「パーツの置き方が、几帳面すぎなんです」

「ん？」

「まるで、パーツがナンバリングされているみたいに」

几帳面。

それは、昔狡噛も同じ感想を抱いた。

「パーツってのは……つまり、人体だよな」

「はい」常守はうなずく。「こういうのは、犯人の異常な人格による行動って考えがちですけど……」

「でも、違う」

「そう考えるのは楽ですけど、たぶんミスリードですよね……」うーんと常守は考えながら話す。「これって、３Ｄスキャンで死体のデータは保存してありますか？」

「ああ。殺人の証拠だからな」

「最初の殺人」常守は続ける。「犯行現場はテニスコート。被害者は、下野隆一。事件当時二五歳。肉体強化アスリート。独身。家族間のトラブルなし。網の目を形成しているフェンスに、バラバラ死体がくくりつけられていた。犯人は砕いた肉片を丁寧に真空パックで梱包し、もとの人間の形を再現するかのようにフェンスの網目に配置……！」

命を奪ったのは、薬物。強力な筋弛緩剤と塩化カリウム溶液が検出。遺体を損壊したのは大型ローラー。押しつぶす前に、犯人は遺体の皮膚に刃物で『切れ目』を入れていた。

「バラバラにしたことよりも、並べるほうがヘンだと思うんです」

常守は、狡噛から受け取っていた死体のデータをホログラムで表示する。

「二件目の殺人。被害者の名前は遠藤征爾。一件目と同じく肉体強化アスリート。代々木にある公園が現場。四角いブロックを組み合わせた、抽象的な彫刻の隙間に、びっしりと人間の死体が詰め込まれていた。

その死体は、医療用のレーザーメスで解体されていた。多数の正六面体にカットされ、人体パーツはすべて真空パックで梱包」

「それで？」

「犯人が、どの程度几帳面なのか気になって」

言いながら、常守は携帯端末を操作。

「人体パーツの成分表まで残ってればいいんですけど……ああ、あった」

ホログラム表示された、人体パズル。

すべてのパーツが空中にずらりと並んでいる。

そこに、成分表のデータが重なった。

「やっぱり、これおかしいです」

なにかに気づいたように、常守が言った。

「そりゃそうだ。普通はこんなバラしかたはしない」

「違うんです！　ここに注目してください、狡噛さん」

「……ん？」

常守は、ホログラムの映像を指さして続ける。

「人間の肋骨は二四本。すべてに番号がついている。で……この死体。下野隆一も遠藤征爾も、粉砕された肋骨がちゃんと番号順に並んでいる」

「あ……！」

バラバラにした人体を、順番通り並べ直す？

狡噛も、ようやくこの異様さに気づいた。

「こんなことは普通の人間には不可能」

「ドローンにやらせたのか？」

「通常のドローンには犯罪の手伝いができないようにセキュリティがかけられている。ドローンのクラッキングツールがあちこちにあるとは考えにくい」

「でも、犯人にはクラッキング技術がある」

「仮にドローンにやらせたとしましょう。なら、なぜそこまで『順番』にこだわらないといけなかったんでしょうか？」

「それは……」

狡噛は、完全に突破口を見つけた顔になった。

「八年前の事件は、やっぱりミスだったんだ。犯人は津嘉山じゃなかった、という想定に切り替える」

常守はうなずき、

「ですね」

「じゃあ、大野黄太の事件は『三件目』。図書館で発見された、人体ゼリー」

「これも、ゼリーの成分を見ると、ひと続きになっている骨はその順番通りに並んでいる」

「犯人には、順番通りにしたい理由があった。強迫性障害の一種かもしれない」

「強迫性障害？」

　首をひねった常守に、狡噛は説明する。

「強い『不安』や『こだわり』によって、日常生活に支障が出る病気だ。この病気にかかると色相が濁りやすく隔離されがちだが、本来は治療可能とされている」

「じゃあ、この犯人も……」

「異常なまでに『数字』と『人体』にこだわる強迫性障害……そう考えていくと、現場にも共通点があるな」

「現場にも……ですか？」

「フェンスの網の目、四角いブロックの隙間、図書館の棚……並べやすい場所だ」

「ああ……」

「死体を捨てやすい場所じゃない。死体を並べやすい場所を選んだ」

　八年前の事件、今まで集めた情報のすべて、常守が与えてくれた突破口――。すべての要素が狡噛の脳内で結びついていく。

「……狡噛さん？」

　しばらく考えこんでから、つぶやく。

「ナボコフだ」

〈 00　プロローグ

〈 01　2104.12.01 事件発生――監視官 狡噛慎也

〈 02　2104.12.04 第二の事件発生――監視官 狡噛慎也

〈 03　2104.12.19 織部ロマとの対話――監視官 狡噛慎也

〈 04　2112.11.17 事件発生――執行官 狡噛慎也

〈 05　2112.11.18 事件捜査――執行官 狡噛慎也

〈 06　no data

〈 XX　no data

1

「織部ロマについて徹底的に調べ直す」

「……どういうことだ、狡噛」

「そのままだよ」

刑事課の大部屋に、今回の事件の捜査班が集まっている。狡噛と宜野座、常守と縢。

「織部については、八年前もかなり洗った」と、宜野座はうんざりしたように前髪をかきあげながら言った。「事件に関わりがありそうな事柄はほとんど調べたはずだ。おまけにやつは犯罪係数も……」

「今回調べるのは、事件に関わりがなさそうな事実だ」

狡噛は宜野座の言葉を遮って言った。

「事件に関わりがなさそうな事実を調べるだと?」宜野座は目を白黒させる。「その捜査にどんな意味があるっていうんだ？」

「ある推論が」

「お前の推論を当てにして動けと？」

「あの……！」

　ここで、常守が手を挙げて割り込む。

「それは、私の推論でもあります」

「常守監視官」

「公安局刑事として最大限の権限を要求したいです……！」

「常守監視官には、最初から権利がある。まあ、勝手にやってもよかったわけだが……」

　先輩――先任監視官――の顔を立てた、ということなのだろう。それが理解できない宜野座ではなかった。

「常守監視官の判断なら、尊重しよう」

「ありがとうございます！」

「しかし、勘違いするなよ」

　宜野座は釘をさしておくのを忘れなかった。

「常守監視官。君の執行官に対する態度に、疑問がないわけではない」

「……心得てます」

狡噛が言った、「事件に関わりがなさそうな情報」は膨大だった。それも当然、つまり織部ロマの人生の大部分ということなのだから。それでも、四人がかりで洗いなおしていけば、なにかしら引っかかることは多い。

「これ……どうかな」

と、縢がホログラムモニタで気になった情報をハイライト表示する。強調された部分は、拡大されて全員に共有される。

「織部ロマの祖父は、格闘家だ。日本人でありながら、アメリカで総合格闘技の試合に出てた。人間同士が血まみれになって戦ってたころのやつ。ふーん、おじいちゃん、戦績もいいねえ。若いころはばっちり輝いてた」言いながら、縢は関連情報もどんどんリンクしていく。ホログラムモニタに、大昔の格闘技試合が流れる。公安局の権限がなければアクセスできない、過激な映像。金網のリングで、たくましい男たちが殴りあっている。

「織部が格闘技やってるのはそういう理由もあるのか?」そう言って、狡噛はさらに情報を検索する。「織部ロマの両親は……父がテレビ番組のプロデューサー。母がニュースキャスター兼ボイスデータ・ドナー。どちらも、格闘技とは無縁、か……」

「その仕事だと、両親は忙しくて家をあけてることが多かったかも。祖父に懐いてた可能性は高いと思います」常守が言った。

「祖父の影響……格闘技……」

狡噛が、独り言のようにつぶやく。

「狡噛さん」常守が呼びかける。「これ、事件に関係あるかどうかわからないんですけど……」

「どうした」

「織部ロマ、『交通事故』にあってるんですよ」

「『交通事故』？『交通故障』ではなく？」

「はい」

関連情報をハイライト。

交通管制センターとリンクした無人運転システムと高度ＡＥＢによって、「不注意で車が人をはねる」事故は激減。

車が故障して事故を起こす場合は、「交通故障」という言い方がある。

常守は続けて言う。

「『交通事故』……。織部ロマが教育課程の一八歳。長距離輸送トラックに接触してます。ＡＥＢが作動して、織部は致命傷をおわずにすんだ。無人運転システムや車両の電子機器には一切の故障がなく、運転手は『織部ロマがいきなり道路に飛び出してきた』と証言。ケガの治療後に色相をチェックしたところクリアカラーだったため『交通事故』として処理された」

「それは、自殺未遂だったんじゃないか?」と、狡噛。

「交通事故直前の、織部ロマの色相は?」

「ええっと……」常守が検索。「ヘンですね……事故の半年ほど前から、織部ロマが街頭スキャナに記録される回数が極端に減ってます。定期検診では明らかに色相が悪化傾向にあったようですけど……」

「そのときには、織部は街頭スキャナの死角がわかるようになってたんだ」

狡噛は確信をこめて言った。

「あとで、詳しく説明してくれるんだろうな」

と、宜野座が狡噛の肩を叩いた。

「なんの話をしているのかさっぱりわからん」

「大丈夫、根拠のない話はしてない」

狡噛は不敵な笑みを浮かべた。そして常守を見やり、

「事故のあとは?」

「大掛かりな手術を受けてますね」常守が答える。「交通事故時、致命傷ではないにしても、織部ロマは特に頭部の損傷が激しかった。再生医療では一〇〇パーセントの機能回復が見込めなかったため、裕福な両親がお金を出して全身の一二パーセントをサイバネティック

ス化。ただの医師ではなく、全身義体の専門家が処置を担当」

「義体の専門家……珍しいな」

色相チェックに支障が出るために、身体の無用な機械化は制限されている。その規制に、反対している人間は多い。反対しているのは、主に裕福な特権階級だ。狡噛は考える――規制反対派のサイボーグとして最初に思いつくのは……たとえば、帝都ネットワーク建設の会長の泉宮寺《せんぐうじ》豊久《とよひさ》とか。

研究目的、業務上・医療上の必要性など、いくつかの審査をクリアしたものだけが自分の体を人工物に置き換えることができるのだ。

「担当した義体専門家の名前は……」

狡噛は空中で指を動かして、リンクをたどる。

「弓張《ゆみばり》智之《ともゆき》。帝都ネットワークグループ傘下の、サイバネティックス研究所勤務……現在は……」

ここで、狡噛の表情が険しくなる。

「行方不明？」

織部ロマを機械化した技術者は、半年前に行方不明になっていた。

親族から捜索願が出て、二係が受理。しかし弓張智之は廃棄された地下鉄の出入口に入っていくのを最後に、街頭スキャナや交通システムでも一切足取りを追えなかったため、おそらく自殺ということで決着がついた。昔の地下鉄には汚水がたまっているから、そこに身を投げたのだろう、と。

「これもたぶん関係してる……」

「どうしますか、狡噛さん？」

「行こう、監視官。俺の読みが正しければ、これで解決する」

2

狡噛、常守、縢のチームで世田谷区の織部ジムへ向かう。全員がホルスターにドミネーターを装備。常守は念の為にスタンバトンと催涙スプレーも携行する。狡噛が「解決する」と言ったので、もしかしたら犯人最後の抵抗の可能性もあると判断し、用心することにしたのだ。

運転席に常守、助手席に狡噛。後部座席に縢。

縢はこんなときなのに携帯ゲーム機をプレイし、緊張感のかけらもない。ゲームで遊びながら、「犯人には抵抗してほしいねえ。バンバン撃ちたいし」などと軽口を叩いている。

スマート・パトカーは自動運転だ。移動中は別のことをしていていい。常守は思いつめたような表情で、織部の祖父が総合格闘技のリングで戦ったときの映像を見ている。

「どうした、監視官」

「いえ……」常守は動画の再生をやめ、顔を上げた。「格闘技って、不思議ですね……昔はこれがテレビで普通に観戦できたんですよね？」

「今も、シビュラの許可さえあれば動画をダウンロードできる。色相の悪化に関しては自己責任だが」

「人間同士の格闘技は、対ロボットの試合とはまったく違うものを感じました」

「そりゃそうさ。だからこそ規制対象になってる」

「人間の暴力性を制御するための規制……」

「制御……できてるのかねえ」ここで、ゲームの手を止めて縢が会話に加わってきた。「俺なんか、かなり隔離されて治療を受けてたけど、暴力大好きよ」

「シビュラも、人間から暴力性を排除できるなんて考えてないだろ」狡噛が言った。

「暴力性は人間の本能のひとつ……だからですか？」

「いや、そうじゃない……」

狡噛は、ここで織部の話をぼんやりと思い出した。

「攻撃性、暴力性が人間にとって本能的なもの……という仮説は大昔に否定されてる。人間同士の殺し合いが本格化したのは、農耕生活が始まってからだ」

「農耕生活？」常守が首を傾げた。

「コウちゃんの話は難しいよー」縢が悲鳴をあげる。

構わず、狡噛は話し続ける。「狩猟し、果物や野菜を採集しているころの人類は暴力性がとても低かった……という仮説が今は有力なんだ。狩猟採集生活する人類は、最大一五〇人程度のグループで生活していた。このころはグループそのものが家族に近く、トラブルの数はとても少なかった……」

『体が進化すれば、魂はあとから勝手についてくる……』

「人間は、猿人から進化した生き物だ。その進化のトリガーがなんだったにせよ、暴力性や武器は関係なかった。暴力性が発揮されたのは、人類が『社会』を構成し始めてからだ。農耕生活とともに部族の定住化が進み、大規模な村落が発生する。大勢で暮らすようになって、他の個体よりも自分が優れていると証明する必要が出てきた。より強い子孫を残し、子孫によりよい環境を残すためだ……」

殺された相棒——佐々山は言っていた。格闘技もコミュニケーションだと。

「人間が暴力的な生き物なんじゃない。人間の社会が暴力を育てる。縢の暴力性が、隔離施設でむしろ強化されたように」

「あー……」縢が何か言いたそうな顔をしたが、うまく考えがまとまらなかったらしく、結局そこで黙ってしまった。

「大規模な『社会』が存在する限り、暴力性もなくならない？」と、常守。

「そういうことだ」

「シビュラシステムは、人間の暴力性をどうやって測定し、犯罪係数に結びつけているんでしょうか？」

「わからないが……シビュラ診断の正確さについては何十年も前に決着がついてる。俺が思いつくようなことはすべて織り込み済みで、サイマティックスキャンをやってるんだろう」

「でも、興味あります。人間の進化と暴力性の話」

「それを聞いたら、今回の容疑者が喜ぶぞ」

スマート・パトカーの人工知能が、目的地に近づいたことを告げる。

「いよいよだ」狡噛がギラついた瞳で言った。

パトカーがジムの駐車場で停まった。車を降りて、さっそく建物のなかへ。

受付で、狡噛が民間の店員ドローンに話しかけた。

「公安局刑事課だ。織部ロマに話がある」

すると、

「現在オーナーはスパーリング・エリアで指導中です」と返ってきて案内してくれる。

狡噛たちがそのエリアに足を運ぶと、壁面ガラスの向こう側で、織部がジム練習生に格闘技のテクニックを教えていた。

練習生は、スパーリング・ロボットと取っ組み合っている。様々なシチュエーションを想定し、ロボットをどう攻撃し、どう反撃するのか、次々と技を試していく。

織部と練習生は、どちらもフィルム素材の、光沢のあるトレーニングウェアを身につけていた。ぴったりとフィットし、体のラインを美しく見せている。

「そうそう、ガードポジションからの反撃は足を使って……三角絞めは、相手が寝技のレベルが高いと絶対に極まらないから、撒き餌にして次の技を……」

そんな指導をしていた織部が、狡噛たちに気づく。

「ああ、ちょっとだけフリーで。強度をやや落としたスパーを繰り返して」

「はい、織部先生」

自主練習の指示を残して、織部がスパーリング・エリアから出てきた。

「どうも、刑事さん」

「昨日の今日で申し訳ないが、こっちも仕事でね」

と、狡噛がちっとも申し訳ないとは思っていない顔で言った。

今の狡噛は犬の顔をしている。

ボールを投げられたら、追わずにはいられない。

このつぎはぎだらけの理想郷を守る、一匹の猟犬として。

「場所を移しますか。喉が渇いたので、自動販売機がある休憩ロビーでそちらのお話をうかがってもよろしいですか？　コーヒー飲みたいし」

狡噛は微笑して、

「ええ、もちろん」

四人は休憩ロビーに移動した。

ゆったりとしたソファに、飲み物やプロテイン用のオートサーバが設置されている。運動で高ぶった神経を落ち着かせる環境ホログラムが、ソファの周囲に水族館のような風景を演出している。

織部がオートサーバで自分のコーヒーを用意した。

「みなさんは？」

「いえ」と、常守が頭を振る。

「俺、コーラ」縢が手を挙げた。

それを狡噛が横目でじろりと睨みつける。

「やだなあコウちゃん、冗談よ冗談」

「では」

　織部だけがソファに座って足を組み、公安局の刑事たちは立ったままだ。

「事件の捜査はどんな感じですか？　刑事さん」

「だいぶ進展したよ」狡噛が答えた。

　織部は神妙な顔をして、

「……これ以上このジムの人間が狙われるのは本当に避けたい。早く解決するよう願ってます」

「そのためには、織部さんの協力が必要不可欠だ」

「へえ、どういうことですか？」

「きっかけは、ナボコフなんだ」

「………」

　織部の片眉が、ぴくりと動いた。

「ウラジーミル・ナボコフ」確かめるように、織部がつぶやく。

「そう。あんたの部屋に置いてあった」

「それが、事件となんの関係が？」

「ナボコフだけだと、意味が薄い」狡噛は織部を中心に円を描いて歩き出す。コツコツと靴音が鳴り響く。「重要なのは、ボードレールやアルチュール・ランボーの本も一緒にあったことだ」

「わからないな、それが？」

「全員、共感覚者だとされている作家ばかりなんだよ」

「へえ……」

織部は、その単語を初めて聞いたような顔をしたが、どこかわざとらしかった。

神経の混線——共感覚。

「共感覚者は、感覚と知覚と情動が混線した状態で生活している」

狡噛は続けて言う。

「ある共感覚者は、『味に形がある』と言っていたそうだ。昔の資料を見つけたよ。『このチキンの味は丸いね』とか『プリンの味が四角い！』とかそんな感じ。この場合は、味覚と視覚の一部に混線があるわけだ」

知覚はすべて脳で処理される。

すべての人間は脳内に辞書を持っている。

得た感覚を脳内の電気信号に変換するための辞書だ。

そして、普通の人間とは違う辞書で「知覚の翻訳」を行う人々がいる。

共感覚者——。

「共感覚者の数はおよそ一〇万人にひとり。数字に色がついて見える共感覚者。文字が音に変換されてしまう共感覚者……その組み合わせのパターンは、三〇種類ほど確認されている。ナボコフも、共感覚者である可能性が極めて高い」

「『するとたちまち盤上に音楽の嵐が吹き荒れて、ルージンはその中に小さな澄んだ音色を執拗に追い求め、それを今度は高鳴らせて怒濤《どとう》のような協和音に変えようとした』

『幻影たちは盤と椅子を運び去っているところだった。どの方向を見ても、拷問にかけるように、透明なチェスのイメージが空中を徘徊していた』」

「ナボコフの『ディフェンス』だ。織部さんも読んだことあるだろ？　チェスの描写にしてはちょっと変わってると思わないか？　頭痛やめまいの描写も独特でね……。織部さんは、ナボコフの文章にとても共感していたはずだ」

「…………」

「脳は、その領域によって違う役目を持っている。隣接する脳の領域は、普段は絶縁された状態だ。信号が混線すると、せっかく分けられたグループが自分の仕事を間違えてしまう。そんな混線状態が絶妙なバランスで活性化したのが共感覚ではないか……今一番有力なのは、そういう説だ」

「やっぱり、あなたが何を言いたいのかさっぱりわからない」

織部は笑っていた。

狡噛は足を止める。

「織部ロマ、あんたは『電気信号を数字として認識できる』共感覚者だ」

3

織部の顔から笑みが消えた。氷のように無表情だ。

「人間の神経細胞には微量な電気が流れる。神経パルス……信号だ」と、狡噛。「普通の人間には、そんなものは認識できない。が、特殊な共感覚者なら……人間や機械を見た瞬間、そこでやりとりされている信号が記号化され、空中に浮かんで見える。それこそ、まるでホログラムのように」

「証拠はないですよね」

織部が鋭く言った。

「おれが共感覚者だと証明するものはなにもない。いえ……仮にそうだったとしましょう。

しかしそれでも、殺人とは直接はつながらない……」

「つながる」

狡噛は断言した。

「八年前の二件、今回の事件。三つの事件に共通しているのは、バラバラ死体と、それを組み合わせた人体パズル。神経質なほど几帳面な現場。なぜ犯人は、粉砕した死体を元通りに並び直さないと気がすまなかったのか？」

狡噛の言葉に、常守が不安そうな表情を一瞬見せた。死体発見現場の細かい状況は、まだマスコミには伏せられている。狡噛は織部が犯人だと確信しているので、伏せたカードをどんどんオープンにしていく。

「人間の脳や心臓が活動を停止しても、すべての細胞が完全に死滅するまでには少し時間がかかる。俺はあんたじゃないから正確なところまではわからないが……死体をバラバラにしても、あんたにはきっと信号が見えた。残留思念のように、微かに。それが気になって仕方なくて、パ・ー・ツ・を・順・番・通・り・並・べ・直・し・た」

「じゃあ、並べ直した理由ではなく、バラバラにした理由は？」

狡噛を試すように、織部が訊ねてきた。

「バラす理由は一般的に三つだ」と狡噛。「ひとつ、運びやすくするため。ふたつ、バラしたいほど恨みがあった。みっつ、バラすことそのものが目的」

「今回はどれ？」

「どれでもない。四つめの理由」

「それは？」

「何かを隠すためにバラした。被害者でなにか人体実験をやった痕跡を隠すため」

「…………」

「死体が見つかって、その頭部だけが破壊されていたとしよう。そうしたら、俺たち公安局は『犯人は、頭を破壊しなければならない理由があった』と考える。犯人にとってそれは都合が悪かった。自分の狙いを隠したかった。そこで、バラバラ。なるべく異常な現場を演出して、捜査陣の目をくらまそうとした」

「根拠の無い推測ばかりだ」

「でも、辻褄は合う」

「辻褄合わせで冤罪は生まれる。第一、忘れていませんか？」織部は突きつけるように鋭く言った。「八年前の事件、犯人は射殺されたと聞きました」

「そうだ。俺が襲われて、返り討ちにした」

「あれは、どういうことだったんですかね」

「辻褄合わせを続けようか」

狡噛は挑発的に微笑した。

「引き続き、犯人は特殊な共感覚者だという仮定でいく。犯人は『電気信号を自分の目で直接見る』ことができる。それは、シビュラシステムのサイマティックスキャンに近い能力かもしれない」

「織部ロマ、あんたには他人の心理状態がかなり正確にわかる。見ただけで脳波まで直感的に測定できる。だとすれば、それを外部から操作する方法を思いついても不思議じゃない」

「とんでもない仮定だ」

「いいや、これで犯人が街頭スキャナに読み取られても平気だったことにも説明がつく。あんたは交通事故の際に体の一部を機械化した。事情はわからないが、その機械化は特別なものだった。脳と腎臓に、薬物投与用のインプラントを仕込んだんじゃないかと俺は睨んでる。インプラント——脳内物質やホルモン分泌量を調整する体内工場だ」

ようやく、織部の表情が微かに硬くなってきた。

それとは対照的に、狡噛の目は爛々と輝き出す。——その顔を隣で見ている常守はぎょっとした。この前、クラッキングされたドローンと戦っていたときと同じだ。狩人の表情。いや——獲物を追う猟犬そのものの目つき。狡噛さん……あなたは、自分がどんな顔をしているのかわかっているんですか？

そんな常守の不安をよそに、狡噛は自分の推論をさらに重ねていく。

「疑似サイマティックスキャンを肉眼で実行できるあんたは、自分の生体力学的状況をほぼ完全に把握している。それができるなら、ピンポイントの薬物投与で最大限の効率を発揮できる。暗闇で作業するのと、明かりの下で作業するのとではまったく違う……そんな感じで。どこに何を投与すれば色相が向上し犯罪係数が下がるのか……精密検査でもわからないようなことが、あんたにはわかる」

「…………」

織部はもう狡噛の推理に口を挟まない。

――口を挟めない。

「人体実験ってのも、それだ。あんたはこのジムに通う練習生に、トレーナーの立場を利用して練習生にインプラントを仕込んだ。催眠術や洗脳なんてレベルじゃない。あんたは他人の生体力場をコントロールする研究をした。完全に支配したのちに、なんらかのミスが起きる。薬物の投与のしすぎ、先進的すぎる装置の投入……不都合が起きた練習生は、バラバラにして、猟奇犯罪を装って廃棄する」

狡噛は、織部の目の前で足を止めた。

「津嘉山に俺を襲わせたのは、あんたにとってバクチだった。犯罪係数を上げておいて、上手くエリミネーターで処理されることを願った。エリミネーターの爆殺沸騰処分なら、人体実験の証拠は残らない」

重苦しい静寂が訪れた。

狡噛と織部の間で、見えない火花が散る。

「ふうん……」織部が口を開く。「おれがそこまでする、動機は？」

「格闘技のせいじゃないか」

狡噛の言葉に、織部は微笑した。

「あんたは格闘家だった祖父に憧れていた。そうだろう？　織部ロマ」

「おれは自分の『からだ』が大好きです」

ロマはうなずく。

「格闘技は素晴らしい。鍛えぬかれた『からだ』が人類の進化を予感させる。プロの格闘家になりたかったが、シビュラシステム適性が出なかった……」

「格闘は、特にデリケートな分野だ。適性なしでプロになる許可はまずおりない」

「その通り。おれは戦いたかった。シビュラシステムはそれを許してくれなかった」

「あんたは脳科学と進化生物学で博士。……で、練習生にインプラントを埋め込んで実験していた。シビュラシステムに適応した形に、人間の『からだ』を進化させるために」

「画期的でしょう？　軟弱な両親とは違う。おれは祖父のような強い人間になりたい。シビュラシステムはおれを怖がっている。文句を言ってもシステムは変わらない。システムは絶対的なものだ。だから、おれは『からだ』を変えていくことにした」

「ひとつだけわからないことがある……」

　狡噛が訊ねる。

「なぜ、八年間も実験を我慢した？」

「八年前に、ある程度のデータを得た。しばらくはその成果だけで研究を続けられた。だが、一番の理由は……あなただよ。狡噛さん」

「俺が？」

「八年前、あなたはおれのことを完全に疑っていた。危険だった。津嘉山を使うのはまさにバクチだったが、それほどあなたのことを恐れていた。……何年も時間をあければ、あなたのような刑事は現場からいなくなるだろうと思って、我慢したんだ」

「出世するか、犯罪係数が上昇して外されるか」

「その通り。どちらにしても現場からはいなくなる。実際、犯罪係数は悪化したようだが……惜しかった」

「事実上の自白だな」

「どうかな？　おれの犯罪係数は低いよ……公安局はドミネーター抜きで人間を裁いていいのかな？」

「たしかに」

狡噛はホルスターからドミネーターを抜いた。

その銃口を、織部に向ける。

『犯罪係数・アンダー五〇・執行対象ではありません・トリガーをロックします』

ドミネーターの音声は指向性だ。使用者にしかその声は届かない。

しかし何も起きなければ、使用者以外にもどんな数値が出たかわかる。

「ほらね？」

と、織部は大げさに肩をすくめてみせた。

「システムは絶対的なものだ。ドミネーターは体内インプラントくらいじゃごまかせない」

狡噛は自信のある口調で言った。

「なに……？」

織部は怪訝そうな顔をする。

「あんたは、スポーツでいえばドーピングしている状態だ。脳と体にインプラントで薬物を直接投与し、無理をさせて色相をクリアにしている。今はドミネーターもごまかされているが……時間が経てば正常な数値に近づいていくはずだ。体温計と同じだな」

狡噛はドミネーターの銃口を織部に向けたまま、そらさない。

ぴたりと、時間が制止したように、狡噛と織部が睨み合う。

徐々に、織部の顔色が赤くなっていく。

皮膚に血管が浮かび上がり、大量の汗がふきだす。

「刑事さん、こんなこといつまで……」

「静かに、動くなよ」

狡噛は厳しい声で告げた。

「今、あんたはその特殊な共感覚を使って、どうドミネーターを切り抜けるか必死に計算してるんだろう。でも、すでにインプラントは限界まで働いてる。限界が近づいてるはずだ。欠陥のあるダムみたいに決壊するのを待ってるよ」

ようやく――織部の犯罪係数が上昇し始めた。

『犯罪係数・六八。更新しました・六九……』

「シビュラシステムってのはなんなんでしょうね……」

織部が、苦笑いを浮かべた。

「おれにはたしかに、特殊な共感覚がある。狡噛さん、あなたの推論は正しいよ。おれには電気信号が『直接、肉眼で確認できる』。信号が数字に変換されて、ホログラムみたいに浮かんで見えるんだ。それを自覚したのは一〇歳のころくらいだったな……。街頭スキャナに、自分が『どう見られているか』も正確に把握できた。都市の監視網、その死角をついて動くのは簡単だったよ。この能力は、セキュリティシステムのクラッキングにも役だった」

犯罪係数が正確な数字に近づいていく。

『更新します・七八・更新します・八〇……』

「そんなおれでも、犯罪係数の測定はどうやっているのかさっぱりわからなかった。シビュラシステムは量子コンピュータでも人工知能でもない。もっと複雑で、柔軟性と多様性を併せ持った、特別なシステムなんだ。そこも、狡噛さんの推論通り。おれの『からだ』はそろそろ限界を迎えることになるだろう」

『対象の脅威判定を更新しました・犯罪係数・オーバー一〇〇・執行対象です・セイフティを解除します』

織部ロマは潜在犯だ。

ドミネーターは間違えない。

じっと構えて正確な数値が出るまで待つだけ、体温計と一緒――狡噛の使い方が悪かっただけなのだ。

そのとき、異様な気配が近づいてきた。

さっき、織部が教えていた総合格闘技の練習生だ。すでに織部のコントロール下に置かれていたらしい彼が、すさまじい勢いで常守に向かって突進してきた。

「――ッ!」

常守がドミネーターを抜こうとしたが、間に合わなかった。練習生は大男だ。そのタックルを食らって、常守の体が吹っ飛んだ。壁に叩きつけられて、短い悲鳴をあげる。

「朱ちゃん！」

　縢が常守と練習生の間に割り込みつつ、ドミネーターを抜いた。

　しかし。

「くそっ！」

　縢は舌打ちした。練習生の犯罪係数が低い。さっきまでの織部と同じ。インプラントのドーピングが効いているのだ。狡噛のように長時間ドミネーターを向けていれば正確な数値に近づくのだろうが、今はそんな余裕はない。

「大丈夫か！」

　狡噛は振り返って訊ねた。

「な、なんとか……」

　常守が、背中をさすりながら答えた。

「女の子に暴力は許せねーな、この筋肉ダルマ……！」

「縢くん！」

　練習生は、常守から縢に狙いを切り替えた。

　狡噛が一瞬目を離した隙に、織部が逃げ始めた。飛ぶように走り去っていって、曲がり角で背中が見えなくなる。

「しまった！」

「コウちゃん、朱ちゃんは俺に任せて！」

「わかった！　絶対に仕留めろ！」

「誰に言ってんだよ、誰に！」

練習生を縢に任せて、狡噛は織部を追いかける。

4

縢は、身体能力の高さには自信があった。

潜在犯の隔離施設で格闘技を学ぶことはできなかったが、今は暇があれば狡噛や征陸に鍛えられている。——執行官になって、俺はとても強くなったんだ。

今はまだ、ドミネーターは通じないだろう。

もう少し、時間を稼ぐ必要がある。

練習生が殴りかかってきた。鋭い左。

朦はそれをステップを刻んでかわし、すかさずハイキックを返す。

征陸がこの場にいたら、「お前の悪い癖だ」と言うに違いない――朦は、派手な技を好む。

しかし、さすがに相手は本職の格闘家だった。

練習生は朦の蹴りを腕であっさりブロックし、びくともしなかった。

逆に、朦の足のほうが痺れた。鉄柱を蹴ったような感覚だった。肉体強化アスリートは伊達ではない、ということか。

練習生が殴り返してきた。右のフックだ。朦はとっさに両腕のガードを上げる。フックをブロックするが、打撃が重い。重すぎる。練習生のほうが朦より圧倒的に大きく、太い。ガードしたのに、朦の体はそのまま五〇センチほど後退してしまう。

「朦くん、私も……！」

と、常守が立ち上がった。タックルのダメージが抜けきっておらず、まだ足がふらついている。それでも彼女は気丈に、暴徒鎮圧用の伸縮式スタンバトンをホルスターから抜く。

「監視官用の護身術ならやってきたし……！」

「そんなん、こういうレベルの相手には役に立たねーの！」

一係に配属されて、それなりの修羅場も踏んできた。狡噛や征陸ほどではないにしても、朦は「実戦」を知っている。まだまだ新人（しかもエリートの監視官）の常守朱には、肉体強化アスリートの相手は荷が重い。

「いいから、貸せって」

「あっ！」

滕は、常守の手から強引にスタンバトンを奪い取った。

「まあ、体重差があるからこれくらいのハンデはいいよな？」

そう言いながら長く伸ばし、右手に構える。

練習生が蹴ってきた。まさかりで木を切るようなローキック。かわしにくい下段の攻撃に対応できず、滕は足を刈られてひっくり返る。

「やべっ――！」

仰向けに倒れた滕に、練習生が踏みつけてとどめを刺しにきた。滕は素早く横に転がって足をかわし、すかさずスタンバトンで相手の膝を強かに打つ。電撃が放たれて、普通の人間なら痛みと麻痺で行動不能になるところだが――。

「があっ！」

肉体強化アスリートの練習生は、スタンバトンの電撃に耐えた。

「人間やめてるねえ」

軽口を叩きつつ、滕は立ち上がり、スタンバトンを構え直す。

そのとき――。

「えいっ」

突然常守が飛び出していって、練習生に催涙スプレーの噴射を浴びせた。

「――ッ！」

公安局の催涙スプレーは、射程四メートル。ナノテクノロジー化学ガスを使った強力なものだ。一瞬で視界は奪われ、呼吸も阻害され、嘔吐感でその場から動けなくなる。専用の薬剤で洗い落とさないと回復できない。

いくら肉体強化したアスリートといえども、催涙剤の効果は抜群だった。練習生は悲鳴をあげ、かきむしるように両手で目をこすって苦悶している。

「そっか、催涙スプレーも持ってきてたんだ……」

なんとなくがっかりしたように、縢が言った。

「私だってちゃんと役に立つんです」

少しすねたような口調で言い、それから常守はドミネーターを構えた。

「犯罪係数が更新されてます。パラライザーでいけそうです」

5

ジムの奥に、ホログラムで偽装されていた隠し扉があった。地下へと続くスライド式のドアだ。織部の生体認証で、ドアが開く。

そこに、ドミネーターを構えた狡噛が追いついた。

ドアを閉める間もなく、織部は地下へとさらに逃げていく。一瞬も躊躇《ちゅうちょ》せず、狡噛もそのドアに飛び込む。

織部ジムの地下——そこは違法な実験場だった。病院と研究室を組み合わせた雰囲気の、広大な空間。手術室、そして死体処理用の粉砕機。練習生から切り取った脳の一部が、生体組織保存容器に入れて陳列棚に並べてある。シビュラシステムの監視下で、よくぞここまでの施設を作り上げたものだと狡噛は密かに感心した。

織部はまっすぐ、地下実験場の中央にある制御卓に向かっていった。いくつものホログラムモニタを展開した、脳波検知マウスとレーザーキーボードの制御卓。そこで、パソコンや携帯端末のデータを全消去し、証拠を隠滅するつもりなのだ。そうはさせん、と狡噛は改めてドミネーターの狙いを織部に定める。

　織部に特殊なインプラントを仕込んだのは誰か？　これだけの設備を整えるために資金を出したのは誰か？　証拠を調べてすべてを明らかにしなければ――。

　そのときだった。

　狡噛は後ろから組み付かれた。

　肉体強化アスリート――織部にコントロールされている奴隷が、地下にもうひとり待機していたのだ。そのアスリートは、どうやらレスラーらしい。クラッチ《つかむ・握る》技術と腕力が半端ではない。レスラーの大男が、狡噛の胴を腕ごと締め上げる。たまらず、ドミネーターを取り落とす。

「ぐぅ！」

　骨を折られる――。普通ならパニックに陥ってこのままアウトだが、狡噛は冷静だった。レスラーに持ち上げられて足が宙に浮いたので、狡噛はかかとを思い切り後ろに振り上げた。狡噛の足がレスラーの股間に炸裂。睾丸《こうがん》が破裂する水っぽい音が響く。

「――ッ！」

　急所への蹴りに、レスラーの手の力が緩んだ。狡噛は締め上げてくる手を振りほどき、背後の相手に足を引っ掛けながら肘打ちを繰り出す。

　レスラーの額に、狡噛の尖った肘が食い込んだ。乾いた打撃音が響き、足を引っ掛けられていたのでレスラーは倒れる。

やったかと思ったが、信じられないことにレスラーはすぐに立ち上がった。そして、すかさずタックルしてくる。

相手のタフさには驚きつつも、かなり雑なタックルだ、と狡噛は思った。急所のダメージで動きが鈍っているのだ。

狡噛はタイミングを合わせて膝蹴りを打つ。これが、レスラーの顔面に突き刺さる。鼻骨が砕けて、前歯が飛び散る。レスラーはタックルの姿勢のまま、崩れ落ちる。

狡噛は容赦なく倒れたレスラーの後頭部を踏みつけて、完全に気絶させた。

「すごいな、ライセンスを持ったレスラーをその早さで倒すなんて」

織部がそう言いながら駆け寄ってきた。

狡噛は急いでドミネーターを拾おうとするが、間に合わない。

織部はサッカーボールキックでドミネーターを遠くに弾き飛ばした。

「ライセンスを持ったレスラー……？　いいか、ロボット相手の戦いでいくら強くても、ちょっと違うんだよ」

スパーリング・ロボットは、かかとで急所を蹴ったりしない。

狡噛は乱闘を覚悟してネクタイを外した。織部につかまれたら厄介だ。

「狡噛さん、あんたはよくやった。でも、証拠は全て消した」

「じゃあ、あんたを逮捕する」

「おれは、犯人らしく必死に抵抗する」

と、織部はメガネを捨てた。

「伊達メガネか?」

「いや、能力補助用の高機能メガネ。殴り合いには必要ない」

ジリジリと距離が縮まる。

織部はキックボクサーのオーソドックススタイル。

狡噛は――八年前とは違う、東南アジアの伝統格闘技シラットと軍隊格闘術を組み合わせた独自のスタイル。体を半身気味に開き、腰を低く落とす。

しばし、無言の時間が流れる。

互いにリズムを探りあい、間合いをはかり合い……そして。

バッ! と閃光が弾けるようにふたりの第一撃が交錯した。

刺すような左を打ち合い、ふたり同時に頬が赤くなる。

ただ、狡噛のほうがややジャブが鋭く、織部の右頬がパックリ裂けて血が流れた。

織部のローキックがくる。

狡噛は、それをすねを使って防御。そして、狡噛は一瞬で足の位置を変える。右利きの構えから、左利きの構えに。織部は、リズムの変化にまだ気づいていない。すかさず、狡

噛は左の大技——回転して放つ後ろ回し蹴り。奇襲の足技。

「——くっ！」

危ないところで、織部は両腕で蹴りをブロッキング。

その威力に、足元がややふらつく。

「俺はシビュラシステムじゃないが——」

狡噛はまた右利きに構え直し、小刻みに左を打ち込む。

「あんたは、格闘技に向いてないかもな。ロボット相手ならともなく、人間同士の実戦は練習量だけじゃわからない……」

「挑発のつもりか？」

織部はフックのフェイントを入れてから、狡噛に組み付いた。狡噛の頭部を抱えるようにして、後頭部をがっちり手で押さえる。いわゆる首相撲の状態だ。狡噛は下を向かされて上半身の動きを制限されているから、反撃しにくい。

「ふっ！」

織部が、首相撲から膝蹴りを放った。

狡噛は両腕をクロスさせて、それを防ぐ。

逆に、狡噛は首を抱えられたまま、一瞬で織部の足をつかんだ。

強引に、下から織部の体を持ち上げる。

「！」

戸惑った織部の、首相撲の力が緩んだ。

彼の手を振りほどきつつ、狡噛は織部を床に叩きつける。

「ぐ！」

背中を強かに打ち、織部がうめいた。

そのまま狡噛は織部に馬乗りになって、殴りに行く。上から一発落とし、鼻血をふかせる。織部は頭をガードしつつ、腰を突き上げた。見た目にはそれほど差がないが、パワーは肉体強化をやっている織部のほうが上だ。

狡噛は織部の胸の上まで位置をずらされる。

直後、織部は両腕を狡噛の脇にさしこみ、柔らかく足を曲げ、後転しながら頭を抜く。マウントポジションを脱出する、見事な動き。織部は馬乗りの狡噛を外し、間を置かず、左足をつかみにいった。上にいたはずの狡噛が、いつの間にかアキレス腱固めをかけられそうになっている。

狡噛は、完全に関節技を極められる前に、まだつかまれていない右足で思い切り織部の顔を蹴った。

「がっ！」

織部が痛みに気を取られているうちに、狡噛は自分の足をひっこ抜く。

そして——。

狡噛より先に、織部が立ち上がった。

「！」

体勢的には狡噛のほうがやや不利。

しかし、シラットの特徴は、倒れた状態、崩れた状態からでも使える技が多いことだ。

狡噛は床に手をついて、逆立ちをするように蹴りを放った。

「妙な技を……！」

これを、紙一重でかわす織部。

狡噛はさらに、地面に伏せてから水平に下段の回し蹴りを繰り出す。この蹴りが織部の足を払い、再び倒す。

「——ッ！」

狡噛はまた織部に寝技を仕掛けた。

上に乗ってから体を半回転させ、織部の右腕を両足で挟むようにしながら両手でつかんで引っ張る。

腕ひしぎ十字固め。

織部は、そうはさせまいと自分の左右の手をがっちり組んで腕ひしぎに抵抗した。

引っ張る狡噛。それを防ぐ織部。

力と力が拮抗する。

腕が伸びたら即、関節が破壊されるが、織部の腕力は大したものだ。

そこで狡噛は、わざと足の力を抜いた。

「どうした？」

引っかかった織部が、ブリッジをしながら狡噛をひっくり返そうとしてくる。

次の瞬間——狡噛は腕ひしぎを解いて、織部の左肘をつかんだ。

「なっ⁉」

狡噛は織部の左腕を両足で挟み込み、うつ伏せに倒しつつ回転した。

織部の腕を巻き込んで回転し、肩と肘を完全に極める——オモプラッタ、という技だ。

狡噛は迷わず織部の左腕を折った。

織部が声にならない悲鳴をあげる。

——だが。

「ふ、ぐうッ！」

それでも織部は立ち上がって、狡噛の足から折れた左腕を抜いた。狡噛は驚く。普通なら、激痛で動けないところだ。

——ああ、そうか。

脳内麻薬物質には、痛みを抑制するエンドルフィンがある。織部は、体内インプラントでそれを大量に分泌するよう調整している。

織部は、短期間にインプラントを使いすぎて呼吸が荒くなっていた。細かい血管が破裂し、彼の目が赤くなっている。

「くそっ、こんな……！」

織部は、焦った手つきで実験場の作業台を漁った。

その右手が、携帯型レーザーメスを探し当てる。

高出力の燃料電池を内蔵した、最新の手術器具。当然、武器にもなる。

織部が最大出力でスイッチを押すと、真っ白い本体から伸びた音叉状の先端部に光の刃が生まれた。

狡噛は後退した。その足に、壁で跳ね返ったドミネーターが触れる。

織部は、レーザーメスを右手に構えて突進する。

狡噛は大急ぎでドミネーターを拾い上げ――。

「そこまでだ」

織部の眼前に銃口を突きつけた。

レーザーメスを振り上げたまま、織部の動きが止まる。

『対象の脅威判定が更新されました。執行モード・リーサル・エリミネーター・慎重に照準を定め・対象を排除してください』

ドミネーターの装甲が展開。それに合わせて放熱板や電磁波放出装置が広がる。

狡噛は、撃ちたくない。

しかし、それはシビュラシステムの意思に反することだ。

それに、レーザーメスを持った織部を素手で生け捕りにしようとするのは、あまりにもリスクが高すぎる。

「なあ……狡噛さん」

織部が笑って話しかけてきた。

「……なんだ」

「おれは、強い男になりたかった。プロの格闘家になりたい……そのために、シビュラシステムをごまかす方法を研究した。それは、悪いことなのか？」

「そのために危険な人体実験に手を出した。それは、犯罪だ」

「潜在犯の隔離施設では、今もメンタルケアの人体実験が行われてる。それはいいのか？」

「あれは一応治療だ」

「まあ、そういうことになっている……建前上は……」

正直、狡噛には織部の気持ちがわかる。シビュラシステムに対して言いたいことはひとつだけ……もう少し、気楽にやらせてくれよ。最近ちょっと窮屈なんだ。

「狡噛さん……あなたは、前に本当に悪いやつに会いたい、と言っていた。あれから八年

「……その願望はかなったかな?」

「ああ」

狡噛の脳裏を、佐々山の死体がよぎる。

「マキシマ、という名前しかわからない。でも、そいつはたぶん本当に悪いやつだ。必ず俺の手で処分する」

「……充実しているようでなによりだ」

狡噛はドミネーターの引き金を引いた。織部の破裂——なぜ、公安局は犯罪者相手にここまでするのだろうか? 狡噛は時々不思議に思う。

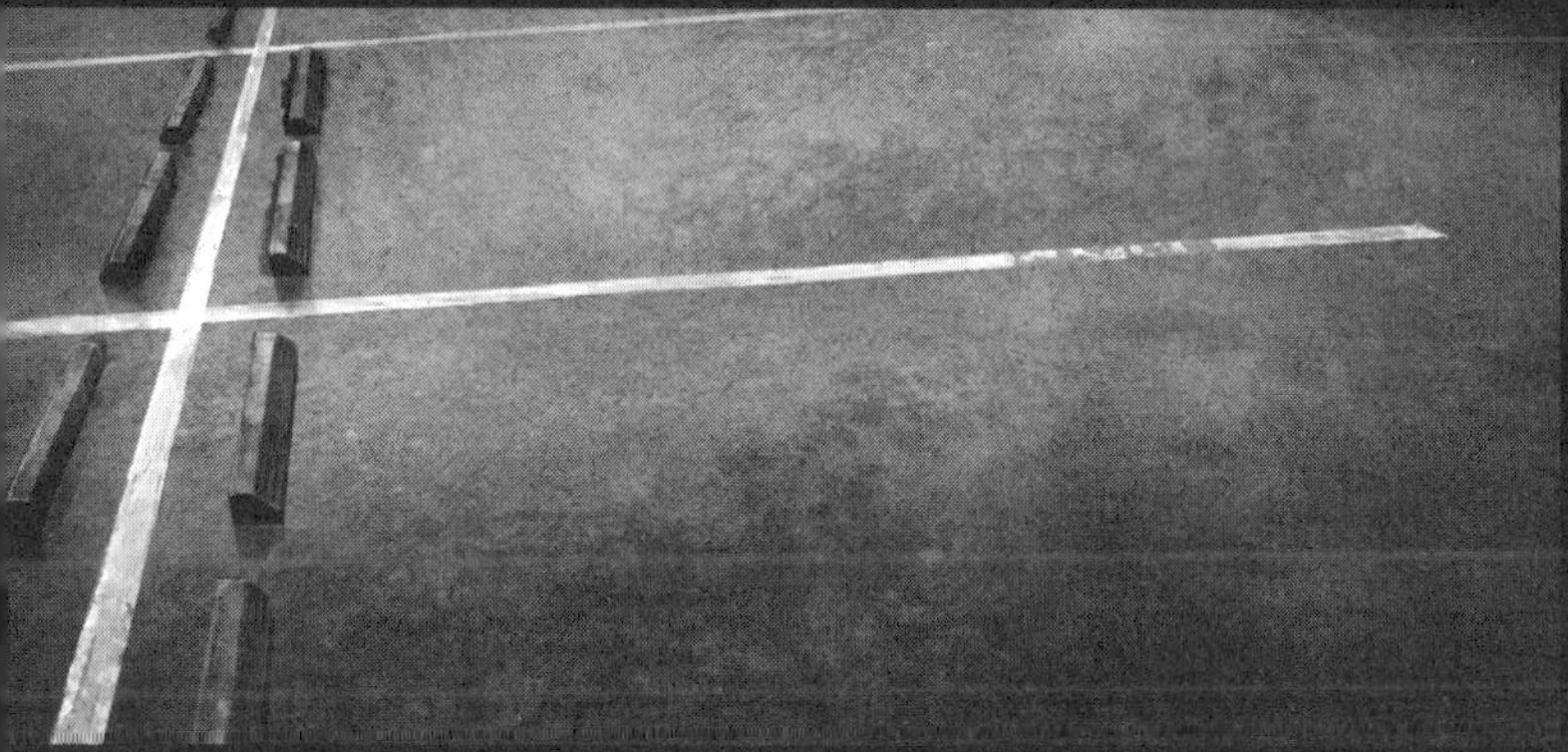

1

大きな怪我はなさそうだったが、常守はメディカルチェックのため、一足先に公安局に戻った。狡噛もそうするように唐之杜に言われたが、後始末を優先して現場に残る。巡査ドローンが織部ジムの一斉捜索を行っているので、それを見届けたかったのだ。常守のかわりに、宜野座が責任者になった。

——とはいえ、狡噛は半分以上諦めていた。織部は優秀な男だった。パソコンに触る余裕を与えてしまった。もう、背後関係を洗うための証拠は出てこないだろう……。

「なあコウちゃん」

「どうした、縢」

ドローンの様子を携帯端末で確認しながら駐車場でタバコを吸っていたら、縢が話しかけてきた。

「コウちゃんはさ、潜在犯として摘発されなかったら、どんな犯罪を起こしてたと思う？」

「殺人」と、狡噛。

「即答かよ」

「俺は『標本事件』の犯人を……『マキシマ』を殺したい。シビュラシステムはそんな俺の殺意をお見通し――そういうことなんだろうさ。縢は？」

「傷害事件かなー、と思った」

「へえ」

「今日、ひとり引き受けたじゃない。練習生」

「ああ」

縢は、常守を守ってよく戦ったと聞いている。やっぱり、頼りになる男だ。

「あいつと戦ってるとき、怖かったし緊張もしたけど……なにより楽しかったんだ。生きてる、ッて思った」

「それでいいんだよ、かがりくん。執行官……ハウンドって感じだ」

狡噛は、タバコを持っていないほうの手で、いきなり縢の髪の毛をわしゃわしゃとかき回した。それを嫌がった縢はばっと飛び退いて狡噛から少し離れる。

「やめろよ、髪さわんな！」

2

東京都港区の一等地、広大な敷地内に整備された庭園を有する豪邸――。敷地内には使う予定のないテニスコートやプールがある。大富豪――帝都ネットワーク建設の会長、泉宮寺豊久の自宅だ。

自宅の広いリビングには、山小屋風の内装になっている。暖炉と壁の剥製は本物。家具や小物類は中世ヨーロッパのイギリス貴族を意識したもの。主である泉宮寺の狩猟趣味を反映した結果だ。黒檀のデスクでくつろぎつつ、泉宮寺は愛用する猟銃の手入れに余念がない。

泉宮寺は全身サイボーグの老人で、表情の変化が乏しい。常に大きく見開いたかのような目が、そこはかとなく見た人間を不安にさせる。

泉宮寺の前、リビングのソファに、大事なゲストの男がくつろいでいる。芸術のような美貌――過剰なほど整った顔立ち。やや長めの髪、世界の果てを見てきた預言者のように深遠な目つき。細く見えるが、ほんの一片の無駄もない筋肉で引き締まった体。

――槙島聖護《まきしましょうご》。

槙島は大きく足を組んで、安部公房の『砂の女』を読んでいる。

「……大丈夫ですか？」

槙島が、本のページをめくりつつ訊ねた。

「なにがかね？」

「例の、泉宮寺さんが出資していた織部ジム。あそこに公安局の捜査が入ったとか」

「問題ない」

猟銃の散弾をうっとりと眺めて、泉宮寺が答える。

「織部ロマくんは最後に証拠をすべて消してくれたよ。それについてはこちらも確認済みだ。織部くんの体内インプラントのメンテナンスを行っていた技術者……弓張智之も、少し前に地下の『狩場』で獲物にした。公安局がなにをしようと、私まで達するほどの手がかりは出てこないよ」

「心配しているわけではありませんよ」

槙島は微笑する。

「ただ、泉宮寺さんがこれで焦らなければいいな、と。泉宮寺さんがぼくと出会う前から進めていた計画だと聞いています。こんなふうに幕切れなんてもったいないですね……」

「それも問題ない。『シビュラシステムに適応した、進化したからだを作る』……上手く行けば面白い研究だが、それは私の本当の目的とはあまり関係がない。私が興味があるのは……永遠の命と生の実感について。犯罪係数をごまかすための装置は、きみがたくさん実験をやっているようだしね……」

「『本格的な実験は、春を待つしかなさそうだ』」

槙島は、突然引用する口調で言った。

「――ん？」

「読み終わりました」

と、槙島はさわやかな笑顔で安部公房の文庫本を畳む。

3

「えぇとあなた、朱ちゃんだっけ？　監視官なら公安局の出世コースでしょ？　さっさと偉くなっちゃって組織改革してちょうだいよ。まずは刑事課備え付けのプールとバーラウンジを拵えるところから、お願い」

――初めて分析官ラボに顔を出したとき、常守は唐之杜にそんなことを言われた。

「へえ……！　こんな場所があったんですね」

　トレーニングでもどうだと狡噛に誘われて、常守は局内のプールにやってきた。

「刑事課のプールってわけじゃない。公安局一般職員向けの施設でな。最近になって、時間帯指定で執行官も使っていいことになった。刑事課専用のプールは、監視官、あんたがなんとかしてくれよ」

「それ、唐之杜さんにも言われました」

「祓ったか……。まあ、あいつはそんなことばっかり言ってるんだ」

　廊下側の壁が一面ガラス張りになっている広いプール。

　プールは長方形で、六つほどのコースに仕切られている。反対側の壁には、南国の空をイメージした環境ホログラムが投影されている。プールサイドには休憩のためのベンチや椅子の他、観葉植物が飾られている。観葉植物は、空気清浄機を兼ねたナノフィルター搭載モデルだ。

「でもわたし……水着持ってきてません」

「更衣室に使い捨て水着用の３Ｄプリンターがあるんだ」

「ああ、なるほど」

　狡噛に誘われたとき、常守はてっきり普通のトレーニングルームだと考えた。ところが、素直についていったらたどり着いたのはこのプール。まだ狡噛には言っていないが、実は常守は泳げない。嫌な思い出がある。できることならそのことを、刑事課一係のみんなには知られたくない。せめて、足がつけば溺れることはないが……。

女性用更衣室に、棺桶に似た衣服用3Dプリンターが設置されていた。服を脱いで、希望のデザインを入力し、そのなかに入ればあとは全自動だ。

衣服用3Dプリンターはホログラム・コスチュームの普及によってかなり廃れてしまったが、下着類、靴下、水着といった使い捨てしやすいものに関してはいまだによく使われている。

常守は、オーソドックスな競泳用ワンピースを選択した。プリンターが彼女の体型をスキャンして、一体成形で使い捨ての水着をそのまま体にはりつける。ゴムとレザーの中間といった感じの質感で、脱ぐときは破ってゴミ箱に捨てていい。

「よう、きたな」

狡噛の水着はショートスパッツタイプだった。とにかく筋肉質で、脂肪が少なく、ゴツゴツしている。

「水泳は全身運動だ。心肺が鍛えられる。なんだかんだで刑事はよく走るから、持久力はつけておいたほうがいい」

「先にどうぞ……！　私は念入りに準備運動しますんで」

「そうか、わかった」

狡噛が先に泳ぎ始めた。まるでフリーの選手のような。見事なクロールだ。キックが強く、息継ぎの切れが良い。手をこぐ動きもキビキビしている。たちまちコースを往復し、当たり前のようにクイックターンだ。ここまで泳ぎのレベルが違うと、ますますプールに入りにくくなった……と常守は思う。

常守が困り果ててダラダラと準備運動を引き延ばしていると――。

「あっれー、朱ちゃーん」

プールに縢がやってきた。なぜか、六合塚と唐之杜も一緒だ。

狡噛が泳ぎを中断して、プールからあがって訊ねる。

「どうしたんだ？　珍しい組み合わせだな……」

「プールでくつろぎにきたの」と唐之杜が答える。「なぁに、慎也くんはバカ正直に泳ぎまくってるわけ？　真面目ねえ」

「プールは泳ぐための場所だろ」

ふう、と唐之杜は大げさに肩をすくめる。その間に、六合塚がテキパキとビーチベッドやデッキチェア、折りたたみ式のテーブルを用意している。

「縢は？」

「飲み物係ってやつ」

　籐は肩から大きめのクーラーボックスをさげていた。

「女性陣のためにトロピカルジュースで雰囲気作り……」

　そう答えた直後、籐はなにか閃いて指をパチン！　と鳴らす。

「あ、そうだ！　コウちゃん、このままとっつぁんとギノさん呼んでいい？」

「いいけど……なんでだ？」

「みんなそろってたら、パーティーっぽいじゃん。そうしたら、朱ちゃんの歓迎会っぽくならないかな？」

「え、え？」

　常守は目を白黒させた。

　——歓迎会？　しかもプールで？　今、この場でそんなことを決められても困ってしまう。なんだか恥ずかしい。

　しかし、

「いいな」

　狡噛は乗り気になっていた。

「あら、いいんじゃない」

「それで問題ありません」

六合塚と唐之杜も同意を示す。

「うえええっ⁉」

常守は素っ頓狂な大声をあげた。

本当に、宜野座も征陸もやってきた。

「トレーニングなんだか歓迎会なんだかはっきりしろ！」

ぶつくさ言いながらも、いつも険しい表情の宜野座監視官も来てくれたのが常守には意外だったし、嬉しかった。シンプルなトランクスタイプの水着で、プールでもメガネをかけているのがちょっとかわいい。

「理由はなんであれ、オフにみんな集まったんだ」と征陸が言った。「つらい事件は多いが、こういうときくらいは楽しくパーッとやろうじゃないか」

「とっつぁんに賛成ー！」

縢がはしゃぐ。

征陸の水着もトランクスタイプ。縢は狡噛と同じく競泳用のショートスパッツタイプだった。こうしてみると、男性陣はみんなスタイルがいい。征陸が一番太く、それでも無駄な肉はかなり少ない。縢や宜野座は細く見えるが、ちゃんと引き締まった筋肉がついている。みんな、しっかりと鍛えているのだ。

そして女性陣……唐之杜も六合塚も、常守よりもはるかにグラマラスだ。黒くてセクシーなおとなっぽい水着。胸の凹凸もくっきりしている。やっぱり彼女たちも、男性陣と同じように鍛えているのだろう。分析官の唐之杜は、仕事のためというより趣味のエクササイズかもしれないが……。唐之杜と六合塚はやけに距離が近くて、互いの水着姿を意識しあっていて、なにかあるのかな？　と常守は脳内に疑問符を浮かべた。

「うー、いいんですかね……ほんとに」

常守はなんとなく落ち着かない。

「いいんだよ、今日は一係の貸し切りにしちまおう」

狡噛が、プールサイドのテーブルでトロピカルジュースを用意していた。縢が持ってきたジュースにオートサーバの疑似果物をくわえ、クラッシュドアイスで冷やし、ガムシロップと少量の塩を組み合わせて味を整えている。

「………」

常守の胸に、温かいものがあふれる。

公安局の監視官はハードな仕事だ。事実、配属初日からとんでもない事件ばかりが続いている。それでも、常守は一係の面々が好きになれそうだと思う。ライトスタッフ――。シビュラシステムが選んだ、正しい資質に恵まれた刑事たち。

「飲むか」

狡噛が、ジュースのグラスを常守に差し出して笑った。
曇りの日にようやくさしこんできた陽光のような――優しい笑顔だった。
犯人を追っているときとは、まるで別人のようだ。
「ありがとうございます……」
常守は、狡噛の笑顔にむしろ不安を覚えた。
凶暴な猟犬か、優しい熱血漢か――どちらが本当の彼なんだろう?

〈おわり〉

1

あの日以来、狡噛慎也は槙島聖護の幻覚をよく見るようになった。

それがつまり、「呪われる」ということなんだろう。

死者に縛られる。

成仏することのない、自分の内部に住み着いた他人の残留思念。

槙島の幻覚が語りかけてくる――。

「黒と白の絵の具を混ぜたとしよう。ここまでは簡単だ。灰色になるだけだ」

――うるさい。

「しかし、この灰色を、元の黒と白に戻すのは難しい」

――黙れ。

「きみはもう、ぼくと出会う前のきみには戻れない」

――貴様に、俺のなにがわかるっていうんだ？

昔、とっつぁんと一緒に観た映画でこんなセリフがあった。

「人を殺すってのは、地獄だ」

だとすれば、狡噛はあの日よりずっと前から地獄に落ちていたことになる。

とっつぁん――征陸智己も死んだ。

（訊きたいことがあるんだ、とっつぁん）

潜在犯の末路、執行官の最後。

（あんたは今、どこにいるんだ？　そこは本物の地獄か？）

――たぶんそうなんだろう。俺たちは理想郷を守る下働きの猟犬だった。潜在犯を狩る潜在犯。シビュラの神託に従って、たくさんの潜在犯を嚙み殺してきた。ドミネーターという名前の牙は血まみれだ。

2

狡噛慎也が、逃亡執行官となり、さらに潜在犯として最後の一線を踏み越えてしまった、あの日。

目の前に、選択肢があった――さらに逃げるのか、それともその場にとどまるのか。とどまれば、狡噛は処分されるだろう。かつての仲間たちにエリミネーターで撃たれるか、公安局に戻ったあと隔離施設で処分されるか。

思わず、自問する。自分がどの程度死ぬことを恐れているのか。目的を果たして、どうでもよくなった……そんな気分にならなかったといえば、嘘になる。

公安局を逃亡した時点で、仲間たちにはずいぶん迷惑をかけた。常守や宜野座は、狡噛の逃亡を「裏切り」とみているかもしれない。もう戻るべき場所はない。

「もう少し……」

死のうと思えば、いつでも死ねる。しかし、一度死ぬとよみがえることはできない。死体がよみがえった伝説はいくつかあるが、残念ながら狡噛は聖人でも魔術師でもない。

――もう少し、生きてみるか。

結局、狡噛は生き延びる選択をした。

一度逃げると決めたら、そのあと昔の仲間につかまるのは格好がつかない。全身全霊をかけて逃げる。

まずは、アシだ。リアルタイム車載カメラと生体認証にダミーがかませてある車。シビュラシステムの交通監視網をかわせるやつ。

そんな都合のいい車が簡単に手に入るのか？

あっさり、手に入った。

槙島聖護が移動に使った車を見つけたのだ。

どんな手を使ってでも逃げる。たとえ、心底憎んでいた相手のものでも、使う。槙島のセダンは、監視装置とのリンクが一切なく、偽装も完璧であり、犯罪者が乗り回すには理想的な車だった。槙島自身は街頭スキャナをかわせても、槙島の仲間はそうはいかない。対応策を用意する必要があったのだ。

槙島の仲間には凄腕のクラッカーがいた。泉宮寺豊久という大物スポンサーもいた。技術力、資金力が十二分に足りていた。

狡噛は車を出し、とりあえず東京に戻った。

「…………」

憎い相手の車で高速道路を飛ばしていると、助手席に槙島聖護が座っているような錯覚を味わった。

車には、小型コンピュータが積んであった。狡噛は一度車を止めて、ホログラムモニタとキーボードをオン。オフラインであることを確認してから、地図ソフトを起ちあげてみる。ネットにつながっていないのに、ソフトは車の位置を正確に把握していた。――GPSも使わずにどうやって？　どうやら周囲の電波状況から自分の位置を算出するシステムが組み込まれているらしい。

地図ソフトには、槙島聖護のセーフハウスや、装備保管場所の位置が記録されていた。至れり尽くせり、というやつだ。まるで悪党からのプレゼントのようで気持ち悪かったが、狡噛は我慢する。

最初に向かったのは、歌舞伎町のセーフハウスだった。廃棄区画や無人地帯ではない、繁華街のど真ん中にその建物が存在していて、狡噛は改めて槙島の大胆さに驚いた。

もしかしたら、まだ槙島の仲間が残っている可能性もあったので、建物のなかに足を踏み入れるときは拳銃を構えて用心した。しかしそれは杞憂に終わり、トイレやベッドの下まで隅々探したが誰も隠れてはいなかった。

商業用雑居ビルの地下フロアが、まるまる槙島の拠点になっていた。

槙島のスポンサーだった泉宮寺豊久は、日本最大の総合建設会社「帝都ネットワーク建設」の会長だ。この手のセーフハウスを人知れず調達するなど朝飯前だったのだろう。

セーフハウスには、食料に紙の本にトレーニング器具に……部屋から一歩も出ずに何週間も過ごせるよう設備が整っていた。パソコンを調べると、槙島の部下であるクラッカーが用意したらしい各種資料が見つかる。ここで初めて、狡噛は槙島が使っていたクラッカーの名前を知った。チェ・グソン――準日本人か？

チェ・グソンは、公安局による監視体制を調べに調べあげていた。住宅街から廃棄区画に移動するための経路図、街頭スキャナの死角を割り出すための計算ソフトを作り上げていた。

クラッカーは、国外脱出のシミュレーションまで用意していた。

「ふん……」

認めざるをえない、と狡噛は思った。

――今まで戦ってきた敵は、人格的には最悪だが、能力的には実に大したやつらだ。

とにかく、狡噛は腹が減っていた。休まず車を飛ばしてきたので睡眠も足りなかった。

「……なにか、食うもの」

狡噛はセーフハウスの食料保管庫を漁る。オートサーバのハイパーオーツ料理ではなく、昔ながらの冷凍食品や保存食が見つかった。保存食のメニューは、インスタント麺類や缶詰、冷凍食品などだ。

狡噛は、保管庫からビーフジャーキーとタコのガーリックオイル漬け缶詰を取り出した。缶ビールがあったので、それもいただく。

リビングに移動し、缶ビールのふたと、ビーフジャーキーの袋を開けた。さっそく食べると、ブラックペッパーをまぶしたスパイシーな味が口の中に広がった。そしてビールを流し込む。炭酸が喉の奥で弾ける感触があった。辛めの味付けとビールの相性はとても良かった。

タコの缶詰も開けて、食べた。これも美味かった。ガーリックオイルの濃厚な味が指先まで染み渡っていくかのようだった。

腹が落ち着いてきたところで、狡噛は本棚に向かった。時代遅れの紙の本が大量に並んでいる。シビュラシステムに禁止されている本も、大昔の稀覯本《きこうぼん》も見事にそろっている。槙島の所有物だと思うと複雑な気分だったが、どんな持ち主だろうと本そのものに罪はない。ちくしょう、と狡噛は舌打ちした。――本の趣味が俺と似てやがる。

プルーストの『失われた時を求めて』が全巻そろっていたので、ビールを飲みながら第一篇『スワン家の方へ』を読み始めた。

——数日後。

池袋から廃棄区画を点々と移動して、墓参りをすませたあと、狡噛は芝浦まで辿り着いた。狙いは、東京港の芝浦埠頭だ。前世紀、老朽化が進んでいた芝浦埠頭は、再開発を受けてドローン船団の一大拠点となった。

「……必要ないとは思うが」

途中狡噛は、公安局から逃亡する際に使った色相コピー・ヘルメットを長距離トラックの荷台に放り込んで捨てた。見当違いの場所で発見されれば、追っ手の目をくらます陽動になるかもしれない。

芝浦のセーフハウスは一軒家だった。

「いい暮らししてやがるぜ、犯罪者のくせに……」

思わず、そんなセリフが狡噛の口からこぼれた。一軒家は住宅街の片隅に位置し、二階建てで、本物の観葉植物まで飾ってあった。体が鈍っていたので、入念にストレッチを行い、トレッドミルで走って筋トレをし、それからゆっくり風呂に入った。

全世界規模での経済・治安の崩壊を受けて、日本は鎖国体制に移行した。無人機や、超高度な武装の特殊部隊によって守られる鉄壁の国境。外部の侵入を許さず、内部からの脱出を許さない。――とはいえ、日本国内の資源だけで需要を完全に満たせるわけがない。貿易、輸出入はまだ続いていた。江戸時代の鎖国と同じだ。

貿易相手は国家ではなく、海外の軍閥や武装民間企業であることが多い。ドローン船団は、船員が極端に少ない（ときにはまったくいない）コンテナ船で構成されている。無人のコンテナ船が、輸出入の拠点である九州を玄関として、回遊魚のように国外の取引地点や国内の港を周回しているのだ。荷物運びはすべてドローンが行う。

この、無人コンテナ船が狙い目だった。チェ・グソンは、政府のドローンでもクラッキングできるプログラムを何パターンも用意していた。それにくわえて、街頭スキャナの死角を移動するための経路指示機能がついたゴーグルもある。

熱いコーヒーを飲みながら、狡噛は計画を練った。

――やるからには、絶対に逃げ切る。

使えるものはないか、セーフハウスを徹底的に探した。改造して威力がアップした釘打ち銃《ネイルガン》、コンパクトだが高性能な医療キット、携帯端末と保存がきき携行しやすい軍用レーション――こんなところか。もちろん、タバコと拳銃、読みかけの本も持っていく。

槙島事件を終わらせたリボルバー拳銃。

弾は豊富ではないが、現在狡噛が発揮できる最大の攻撃力だ。

ゴーグルを使い、芝浦埠頭の下見をした。船舶警備のドローンや監視カメラが「どこを見ていないのか」が手に取るようにわかる。クラッキングソフトも試してみた。ある程度距離が近づいたら、マイクロ・ロボット経由で侵入することができる。一度失敗したら、やり直しはきかない。用心するに越したことはない。


計画がまとまった。

いよいよ明日日本を発つ——そこで、狡噛は常守朱に連絡をとった。逆探知されないように、改造した携帯端末を使って。

『はい……常守』

怪訝そうな彼女の声。

その声を聞いて、狡噛は自分が捨てたものの重さを思い知った。

「よう……久しぶり」

『！　狡噛さん……!?』

携帯端末の向こう側から、驚く気配が伝わってくる。

「久しぶりってのも変だったか。大丈夫、遠隔操作を使った複雑な経路で連絡してるから、盗聴の心配は無い。監視官用の携帯端末のことは、俺も知り尽くしてるよ」

『……どこにいるんですか……？』

常守は、微かに涙声になっている。狡噛の胸に、針で刺すような痛み。

『……って、言えるわけ無いですよね』

「まあ、いつスキャナやドローンに見つかるかはわからないが……短期的には安全な場所にいるよ」

『どうして、連絡を？』

「これから、危ない橋を渡る」

狡噛は言った。明日、無人のコンテナ船に密航して海外を目指す。

常守がはっと息を呑んだ。

『狡噛さん……！』

「長期的に安全な場所に移る。そのためには、いくつかヤバいことをしなきゃいけない」

いくらゴーグルやクラッキングがあっても、ほんの少し道をずれただけで自分の存在はセキュリティシステムに露見する。

「明日の朝、いきなり俺の死体があがった……なんてことになったら驚くだろうからな。心の準備のために」

『やらなきゃいけないんですか……それは……』

「自分の命がどこまで惜しいのか……そのあたりはよくわからないんだが……シビュラシ

ステムに殺されるのはあんまり面白くはないよな」

あんまり面白くはない、か……。狡噛は自嘲した。

もっと上手い言い方はなかったのか。

『今からでも、出頭してもらえれば……』

常守は底抜けにポジティブだ。――まだ、俺を法律で救えると思っている。

「いくら常守でも、無理だろ。なぜかはしらないが、槙島はシステムのお気に入りだった。それを殺した俺を、システムは許さない」

『……あ……』

「どのみち、これで本当にさよならだ。生き延びるにしても、死ぬにしても」

『そんなこと、ないですよ』

「……ん？」

『狡噛さんとは、また会える気がするんです。監視官と執行官としてではなく、もっと当たり前の人間同士として』

今度は、狡噛が息を呑む番だった。そんな状況、想像したことすらなかった。常守はなにを考えているんだ？　俺たちが当たり前の人間同士として再会する？　そんなバカな。

だが――。

彼女が口にすると、それが本当にありそうなことに聞こえる。

「……まいったな……あんたは本当に前向きなんだな」

『それだけが取り柄です』

常守が少し笑った。年端もいかない少女のような笑い方だった。

「……わかった。また会える日を俺も楽しみにしてるよ。それじゃあな」

『はい。またいつか……』

携帯端末の通信を切る。

「ふぅ……」

ため息が出た。

——俺が槙島を諦めていたら、今も彼女と別の犯罪者を追いかけていたのだろうか？

無意味な仮定だった。

（悔やんでも仕方ないじゃないか）

殺すために、自分で捨てたのだ。

大事なものを捨ててでも、やり遂げないといけなかったのだ。

狡噛慎也が、狡噛慎也であり続けるために。

3

日本を脱出した狡噛は、中国の地に降り立った。大型のバックパックに、撥水素材のトレッキングシューズ。黒のカッターシャツに、カーキ色のミリタリーパンツ。ウエストバッグにネイルガンを、シャツの下にヒップホルスターでリボルバー拳銃を装備する。

「…………」

生まれて初めての外国は、戦場跡だった。日本政府から業務委託を受けた武装民間企業が管理する巨大コンテナターミナルを抜けると、ようやくドローンたちの監視の目から逃れたのも束の間、いきなり多数の死体と遭遇した。

——なんなんだ。

跪かせたあと、背後から後頭部を撃ち抜く処刑スタイルの死体ばかり、およそ二〇人ぶんほど。生きている人間よりも先に、死体に歓迎された初の海外。やがて、地方軍閥のパトロール部隊が武装車両《テクニカル》でやってきた。テクニカルとは、民間の車両にあとから武装を搭載した簡易戦闘車のことだ。狡噛は素早くカラのコンテナのひとつに身を隠して彼らをやり過ごした。どうやら、地方の軍閥同士が利権争いで揉めているらしい。

静かな場所を求めて日本を出た。

しかし、日本の外に静かな場所などどこにもなかった。


そもそも、世界中の経済・治安が崩壊する切っ掛けを作ったのは中国だった。急激な景気の悪化によって、中央政府の勢力が弱体。各地に犯罪組織と同然の軍閥が勃興《ぼっこう》し、内戦に発展。長期紛争となり、周辺諸国も巻き込んだ。

倫理崩壊という意味でのモラルハザード。

当時はその言葉はなかったが、悪意の伝染としてサイコハザードのほうが近いかもしれない。

紛争は拡大し、核兵器も使用され、国家体制の混乱に乗じて世界中のテロリスト・反政府勢力にロシア・中国・インド・パキスタンなどの武器が流出。宗教的な対立が主要因となって、欧米も泥沼の戦争と無関係ではいられなくなった。技術力・科学力が、二一世紀なかばで一度停滞した要因だ。

そして中国では、二二世紀になっても軍閥の戦国時代が続いている。


——三ヶ月後。

旧中国、香港。

「お客さん……珍しいな、日本人か」

「わかるか」

「なんとなくね」

携帯端末の自動翻訳機能は順調に働いている。話し相手は、本土と香港を行き来する高速ボートの船長だ。狡噛も英語ならなんとかなるが、北京語や広東語は機械の助けなしでは理解できない。しかし、もしも携帯端末が故障してしまったらどうなるのだろう？　国外では、これほど高度な情報機器のスペアパーツを見つけるのはかなり難しい。やはり、自分自身を鍛えなおさねばならない。

狡噛慎也は、海路で香港の九龍湾に入った。

中国本土をうろついている間に、狡噛の荷物は減り（ネイルガンなど早々と役立たずになった）、そのかわり武器と筋肉の量が増した。

狡噛はバックパックのサイドに大型のライフルをさしこんで携行していた。ライフルの名前はM14EBR。七・六二×五一ミリのカートリッジを使用。でかくて冷たい二〇発の着脱式マガジン。中国本土で小規模な盗賊団と戦った際の拾い物だ。もともとは、中国で非合法活動をしていたアメリカ軍特殊部隊の持ち物らしかった。

狡噛の体力・腕力なら、この大きくて反動も強いライフルを立ったままフルオートで撃てる。普段は携帯端末とリンクさせたホログラフィックサイトをつけているが、状況によってはアイアンサイトのときもあるし、照準補正装置がついた狙撃用スコープにワンタッチで取り替えることもできる。

それとは別に、狡噛は中国製のカラシニコフライフルを負い紐《スリング》で肩からさげていた。五六‐二式。銃身は短く、ストックが側面に折りたたむことができるのでコンパクトだ。これには、あえてスコープのたぐいをつけない。アイアンサイトだけで十分。

タクティカルベストを着こみ、これでもかと予備の弾薬を詰め込んでいる。予備の武器はリボルバー拳銃とナイフだ。

「ついたよ」

「ありがとう」

狡噛は船長に金を支払い、チップを弾んだ。すっかり日焼けした初老の船長は、チップを受け取ってニカッと笑った。前歯が一本もなかった。

香港――かつて百万ドルの夜景と謳われた大都会も、今では廃墟と貧民街の中間のようになってしまっている。高層ビルの摩天楼は、まるで大きな獣の巣に変貌していた。日本と違ってホログラムは一切ない。それでも無数のＬＥＤネオンが輝く目抜き通り、ネイザン・ロードは、難民キャンプと闇市場のおかげでそれなりの活気があった。

持ってきた食料は、あっという間に難民キャンプで子どもに配ってしまった。すっかり腹が減っていたので、狡噛はボロい屋台で席につく。

その屋台では、火を通した薄切り豚レバーに中華麺とスープをかけただけの料理を激安で売っていた。このあたりで価値がある通貨は「日本円」だけだ。あとは貴金属か、物々交換か……。狡噛にはまだ資金の余裕があった。役に立つとは思っていなかったが、一応槙島のセーフハウスにあった現金や貴金属を持ち出してきたのだ。

狡噛は豚レバー麺に口をつけた。唐辛子が強い、独特のからさを持つ麻辣味《まーらーあじ》のスープだ。舌が軽くしびれる。豚レバーの癖のある風味が麻辣に合っている。見た目はボロボロの屋台で、食材も高級品にはほど遠かったが、それでも美味いのは間違いなかった。

――それにしても。

(シビュラシステム、か……)

海の外に出て、いかに自分が甘かったか思い知らされた。無秩序、カオスの世界。問答無用で危険因子を排除するシビュラシステムのやり方は、ある意味「効果的」ではあったのだ。それはもちろん、日本の他にもうひとつでも強力な国家が存在するだけで危うくなるようなバランスなのだが、現状こうなっている以上、シビュラによるメリットのほうが大きい。たとえ精神が自由でも、軍閥が虐殺し難民が餓死する状態が健全と言えるわけがない。法を守る、法を尊ぶ……あいつの言っていたことが、今だとより深くわかる気がする。

——俺や槙島は、あの平和な国に小さなカオスを巻き起こしたのだ。

「……？」

豚レバー麺を食べていると、視界の端に物騒な連中が引っかかった。ネイザン・ロードの横道から、パキスタン人の武装集団がちらちらと様子をうかがっている。そういえば、このあたりはパキスタン、インド、ベトナムからの不法移民が多く、しょっちゅう小競り合いが起きていると聞いた。

狡噛の胸中に嫌な予感が走った瞬間、パキスタン人がいきなり歩兵用の対戦車ロケット弾をぶっ放した。

無差別テロ攻撃。

伏せるヒマもなかった。狡噛のすぐ近くで弾頭が炸裂した。

近い距離で爆風を浴びると、体が持ち上がって無重力感が生じる。肺をやられないように息を止めて、頭部を痛めないように体を丸めて後頭部を手で覆った。反射的にそこまでできたのも、中国本土を戦い歩いた成果のひとつだ。——それでももちろん、限界はある。人間の体は、爆発で吹き飛ばされても平気なようにはできていない。狡噛の意識が遠くなった。

4

——次に狡噛が目を覚ましたら、見知らぬ建物のなかだった。

「……あ?」

体中のふしぶしが痛む。頭がガンガンと痛い——。

ぼんやりとした頭を抱えて、身をよじる。ここはどこだ?

背中のバックパックがない。タクティカルベストが脱がされている。ここでようやく意識がはっきりしてきて、狡噛はバネのように跳ね起きる。大慌てで周囲を見回す。武器は?

このあたりでは、金よりもはるかに大事なものだ。

「起きたか」

声をかけられた。

狡噛はベッドの上に寝かされていて、武器や装備はまとめてすぐ下に置いてあった。

声をかけてきた男のほうに目をやる。

「俺は医者だ。患者の荷物に手は出さん」

その男は医者だと名乗った。が、そうは見えなかった。

白衣ではなく、ごてごてとポウチがついた防弾アーマーを身につけ、ホルスターに拳銃を突っ込んだまま旧式のタブレット型PCで電子カルテに目を通している。

武装した「自称医者」は、背が高く、がっしりとした体つきで、短い髪は黒色。無精髭を生やし、あごとこめかみに刃物傷がある。

「医療キットだけはいただいた。どう考えても、俺のほうが有効活用できるからだ」

「構わない……」

「最新鋭の医療キットだった。コンパクト薬物プラントや医療用マイクロ・ロボットは超希少品だから本当に助かる……。日本人か？」

「ああ」

「道理でな」

「俺は狡噛慎也だ……」

ここで狡噛は初めて、自分の頭に包帯が巻いてあることに気づく。とっさにかばったが間に合わず、ぱっくり傷口が開いたのを治療してもらったようだ。とても医者には見えないが、一応信じてもいいらしい。

「俺はサイモン。サイモン・ツェーだ」

「ここは？」

「俺の病院」と、サイモン。「そして、自警団の本拠地でもある」

「自警団？」

「このあたりを少しはまともなものにしたいって団体だよ」

「ボランティアか？」

「荷物は鍵付きのロッカーに移しといてやる。もう少し休んでろ。傷が治ったら出て行け」

言われた通りにした。

それから丸一日ゆっくり休んだ。

「どうして治療してくれたんだ？」

すっかり元通りに動けるようになった狡噛は、外に出かける途中のサイモンをつかまえた。

「俺は今から昼飯だ」

「ついていく」と狡噛。

「迷惑だ……！」サイモンは険しい顔で、ハエを追い払うような手つきを行う。

それでも、ついていく。

廊下や階段を歩いていく途中、患者や自警団の兵士がサイモンに挨拶をしてきた。サイモンは、神話の英雄のように尊敬を集めていて、本人はそれを鬱陶《うっとう》しく思っている。

「どうして治療してくれた？」狡噛は同じことをもう一度訊ねた。

「だから、まずは昼飯だ！」

サイモンの病院は、自警団の本拠地でもあった。どちらかといえば、軍事施設の色合いが濃い。かつての一大商業地区——モンコックの中心にあり、周囲のビルを封鎖して守りが固めてある。

サイモンは、「病院」の近くにある屋台に向かった。狡噛は、その隣の席に座る。

「しつこいやつだな」

「元刑事だからな。しつこいのは得意なんだよ」

「刑事！」

サイモンの目が丸くなった。

「本物を見たのは初めてだ。さすが、日本人はすごいな」

「香港に警察はないのか？」

「自警団しかない」

屋台の老婆が、水のような粥を出してきた。腹に入ればなんでもありがたい。最近、狡噛も粗食に慣れてきたところだ。

「いいか、医者が患者を助けることに複雑な理由は必要ない」

「しかし、こんな危険な地域で……」

「俺はな、傷ついている人間は人種や宗教、所属しているグループ……なんの関係もなく助ける。そのかわり、なにか治療費かそれにあたるモノをもらう。誰でも助けるから、どのグループからも狙われないでいる」

「なるほど」

「サイモン！」

突然、若い自警団の兵士が駆け寄ってきた。

「なんだなんだ」

「酔っぱらいが暴れてる！　ごついヤツで、けが人が出てる！　撃ち殺していいか？」

「バカ！　簡単に殺すな！」

サイモンが立ち上がった。

「壊すのは一瞬だが、治すのはひどい手間なんだぞ！」

狡噛とサイモンは、自警団の兵士に案内されて移動する。

闇市場の一角で、見上げるような大男が暴力を振るっていた。酒瓶を逆に持って武器のかわりにして、金をよこせメシをよこせとわめいている。注意しにいったらしい若者が、頭から血を流して倒れていた。

たしかに、これは撃ちたくなる。筋骨隆々の大男が、自制心を失い、酒瓶とはいえ武器を持っている。しかしサイモンは、殺すなという。

「くっそ、バカが暴れやがって！」

サイモンが、取り押さえにいこうと前に出ていく。この「医者」は、腕っ節にも自信があるらしい。

「いや」狡噛はサイモンの肩をつかんで止めた。

「なんだよ、邪魔するな」

「あんたが出るまでもない。傷を治してくれた恩を、体で返す」

「……なに？」

「片付けてくる」

サイモンを押しのけて、狡噛が酔っぱらいの巨漢にむかっていった。

「なんだてめえは！」と、怒鳴りつけてくる。

問答無用で、酒瓶で殴りつけてくる。

映画と違って、酒瓶は簡単には割れない。酒瓶で殴られるとゴンと鈍い音がして、近くに倒れている若者のように頭のほうが割れる。小さな棍棒のようなものだ。――この近寄りがたい酔っぱらいに、どう仕掛けるべきか？

考えている余裕もなく、間合いが詰まった。

酒瓶で殴りかかってくる。

かなりの大ぶり。軽くかわす。

　狡噛は基本中の基本を思い出した——佐々山という執行官から受けたアドバイス。巨体相手には「足下」から攻めていけ。

　狡噛は素早く身を沈めて、地面スレスレの下段回し蹴りを繰り出した。上半身の筋肉、そして腰の筋肉がうねる。足先にまで体重がよくかかっている、強い蹴りだ。刈り取るように酔っぱらいの膝を打つ。

「おっ」

　この一発で、酔っぱらいはバランスを崩した。がくん、と体が下がったところで狡噛は立ち上がり、地面を蹴って勢いをつけて、ミサイルのような右ストレートを放つ。

　酔っぱらいの顔面に、狡噛の拳が炸裂。爆発的な打撃音がして、酔っぱらいが鼻から血をふきだしながら引っくり返る。

「ふぅ」

　野次馬たちが狡噛に拍手を送ってきた。どう反応すればいいかわからず、とりあえず会釈をひとつ返しておく。

「こら、コーガミ」

「ん？」

「治した直後にケガをするな、バカもん」

　サイモンに指摘されて、狡噛は自分も負傷したことに気づいた。右拳に酔っぱらいの折れた歯が突き刺さり、骨と骨がぶつかった部分が赤く腫れている。

「でも、よくやった。やるな、日本人」

サイモンの声色には、狡噛のことを認めるような響きがあった。

5

それから病院に戻るかと思ったら、サイモンは難民キャンプに立ち寄った。そこに待機していた看護師たちがいて、さっそく診察と治療が始まる。貧しい人々の症状をチェックし、問題があれば出来る限り薬を渡す。ここでもサイモンは敬われている。――こうなると狡噛にはやることがなくて、手持ち無沙汰で立ち尽くすしかなかった。

すると、子どもがひとり、話しかけてきた。

「さっきの見てたよ」

黒髪の、目が大きな男の子だ。

「でも、サイモンのほうが強い」

「そうなのか」

たしかに、サイモンも強そうだ、と狡噛は思う。

「で、俺になんのようだ。ボウズ」

「あんた、日本人なんだろ?」

「狡噛慎也だ」

「俺はユン。これ、直せるか?」

そう言って子ども――ユンがさしだしてきたのは、日本製の携帯ゲーム機だった。

懐かしい。

狡噛は思わず目を細めた。膝と一緒によく遊んでいたゲーム機だ。

「面白そうなんだけど、まったく動かない」

「かしてみろ」

狡噛は、公安局の追手を逃れるために電子機器にもそこそこ詳しくなった。携帯ゲーム機の構造は単純だ。

「他にも同じゲーム機はあるか?」

「余ってる」

「全部持ってこい」

狡噛の指示を、ユンが他の子どもたちにも伝えて、たちまち数百個という古い携帯ゲーム機が集まった。これだけ部品があれば、あとは簡単だ。比較的状態がいいゲーム機を選んで、壊れた部品を交換していく。近くの発電機で充電したら、あっという間に一〇台ほどが遊べるようになった。

ゲーム機の復活に、子どもたちが歓声をあげた。キラキラと輝く目でプレイし始める。孤児たちは娯楽に飢えていた。

「順番だぞ！　ちゃんと順番にやれ！」

狡噛は、小学校の教師になった気分だった。大昔にとった教員免許が、こんなところで役に立つとは……。

子どもたちと遊んでいたら、一仕事終えたサイモンが近づいてきた。

「子どもの扱いが上手いんだな」

「意外だろ？」

狡噛は手を振って子どもたちと別れる。子どもたちは、「ありがとう！」「またこいよな！」と名残惜しそうだった。

「強いのか、あんた」狡噛は訊ねた。

「たぶん、な」と控えめにサイモン。

「何をやってた」

「中国拳法」

「へえ」

聞いたことはある。動画も見たことがある。だが、実際の使い手に会うのは、狡噛もこれが初めてだった。

「正確には、中国拳法を取り入れた軍隊格闘術。大昔、『人民解放軍』の特殊部隊が使ってた」

人民解放軍――もちろん、今はもうない。

「今の時代、医者は治すだけじゃだめだ。患者を守らなきゃな」

「あの子どもたち……」と狡噛。「もしかして、あんたが援助してるのか？」

「子どもを大事にしなかったら、この世界は本当に終わる」サイモンはきっぱりと言った。「子どもがいなくなったら、大人もいずれいなくなる。よほどのバカじゃない限りわかるはずの、当たり前の理屈だ。……ところが、どうも世の中はバカだらけみたいでな。俺たち自警団が一肌脱ぐしかないってことだ」

病院に戻ると、サイモンが狡噛の右拳の治療を始めた。

「日本は理想郷みたいなところだと聞いた」

刺さった歯のかけらをピンセットで抜きながら、サイモンが訊ねてきた。

「ああ、理想郷だったよ。しかし俺は、理想郷で人間の仲間に入れてもらえなかった」

「人間じゃない？　じゃあお前はなんだったんだ？」

「俺は、理想郷の猟犬だった」

「犬か……じゃあ、理想郷じゃなかったんだな」

「そう考える人間も多いだろう」

消毒のあと、サイモンは狡噛の拳に包帯を巻き始める。

「理想郷、で思い出した。トマス・モアの『ユートピア』を読んだことはあるか？」

「ああ」狡噛はうなずく。「いかにも法律家が考えだしたって感じの理想社会だった」

「理想郷……ユートピアという単語は、トマス・モアの造語だとか」

「知ってる。たしか『どこにもない』という意味」

「理想郷はどこにもないんだ。いいセンスだと思わないか？」

サイモンの言葉に、狡噛は苦笑するしかなかった。


あの酔っぱらいの騒ぎや、子どもたちと遊んだことが切っ掛けだったのかもしれない。

それからなんとなく、狡噛とサイモンは一緒に行動することが増えた。格闘技の練習をやった。防具とグローブをつけてのスパーリング。たしかにサイモンは強く、戦場で覚えた汚い技をいくつも披露してくれた。「足下が砂場だったら、足先で蹴って敵に砂をかける。目潰しをやるときは、本気で突くんじゃなく指を引っ掛けるくらいがちょうどいい。本当にいざってときは、敵につばを吐きかける目眩ましで命が助かることもある……」

戦うだけでなく、狡噛はサイモンから医療技術も学んだ。戦場での応急手当を中心に。サイモンの病院は常時負傷者や病人であふれているので、実地訓練が行われた。薬品名を覚え、気管内挿管のやり方を覚え、銃創用コンバットガーゼの使い方を覚えた。折れた骨を支える即席添え木の作り方、動脈のつなぎ方、止血効果の高い包帯の巻き方――覚えることは山ほどあった。

狡噛はあえて携帯端末の翻訳機能を切って、直に現地の言葉でやりとりする機会も増やした。テクノロジーに頼りすぎれば、テクノロジーを失ったときに何もできなくなる。サイモンや自警団の兵士たち、子どもたちは、むしろ狡噛の拙い広東語を「面白い！」「コーガミはいかついくせに赤ちゃんみたいな言葉遣い」と喜んだ。

そんなある日――。

「コーガミ！」

自警団の若者に大声で呼ばれた。

そのとき、狡噛はひとりで武器の手入れをしていた。すでに病室ではなく、自警団の宿舎に部屋をもらっていた。

「どうした」

「サイモンがパキスタン系の武装集団ともめてる。危ない感じだ」

「わかった。すぐいく」

狡噛は、ライフルをつかんで駆け出す。

大急ぎで自警団の若者が言った場所に向かうと、サイモンが銃器で武装した集団と対峙していた。パキスタン系はおよそ三〇人ほど。サイモンと、自警団の仲間は四〇人。パキスタン系のリーダーらしき男が「こちらにも我慢の限界がある！」と怒鳴っている。

「そっちが何を言ってこようが……」サイモンが大声で返す。「そっちの要求はのめない！俺の病院に入ったら全部俺の患者だ」

「あんたには、俺たちのグループも何度も世話になってる。だからこそ、今までは大目に見てきた……！　だが今回ばかりは！」

「どうしてもって言うなら相手するぞ」

サイモンが凄んだ。自警団の兵士たちが一斉に銃を構える。

「………」

狡噛は少し離れた場所で、物陰からライフル立射の姿勢をとった。

なにか起きたら狙撃で援護する構えだ。

なにかがおかしい、と狡噛は嫌な予感がした。

サイモンたちのほうが戦力では上回っている。自警団は練度も士気も高い。それなのに、パキスタン系武装集団の表情にはどこか余裕がある。

――なにか罠があるのではないか。

狡噛は油断なく周囲を警戒する。

嫌な予感は的中した。

ドスン、ドスン……と異様な足音が近づいてくる。自警団の兵士たちが動揺する。

「いいものを仕入れたんだ」

パキスタン系のリーダーが、得意げに語った。

通りの曲がり角から、巨大な重機が姿を現した。

狡噛はその重機に見覚えがあった――日本製の建設作業用ドローンだ！

民間の車両に武装や装甲を追加したものを「テクニカル」という。

目の前に現れたのは、それのドローン版だった。ドローン・テクニカル。

現在は鎖国中だが、日本は一部で貿易を続けているし、一昔前までは工業用・民間用に限りドローンの輸出も行っていた。ある程度の技術力があれば、そういったドローンを戦闘用に改造することは不可能ではない。

そのドローン・テクニカルは、全長およそ一五メートルの大型。マンションの五階ほどの高さがある。

四本足で、それぞれ先端が移動用のクローラーになっている。カニのような平べったい胴体に、二本のショベルアーム。胴体に二基の重機関銃とグレネードランチャー。全身にくまなく追加装甲が配置され、まさに歩く戦車といった外観だ。

動力は電気、水素、ガソリン。その三つを同時に使ってハイパワーを発揮することもできるし、どれかひとつだけでも動くことは動く。

「明日の午前一〇時まで待つ。こいつの相手がしたくなかったら、ネイザン・ロードの公園に例のインド系を連れて来い。遊泳池近くの広場だ」

パキスタン系リーダーの言葉に合わせて、ドローン・テクニカルが重機関銃を発砲した。口径は一二・七ミリ。遠隔操作の無人砲塔で制御されている。重機関銃の巨大な弾丸が、建物の壁や道路に撃ち込まれた。コンクリートが豆腐のように無残に砕け散り、道路がえぐれて弾痕の列が走る。人間には一発も当たらなかったが、威嚇《いかく》としてはそれで十分だった。

脅しの目的を果たして、パキスタン系武装集団はひきあげていった。

6

狡噛やサイモンたちは、自警団の宿舎に戻った。

若い兵士たちはみな青ざめた顔をしていた。無理もない。あまりにも圧倒的な戦力差を見せつけられてしまった。

宿舎の会議室に集まって、今後のことを話し合う。

「撃ってみたら、意外とあっさりやれるんじゃないか?」自警団員のひとりが威勢のいいことを言った。

「ライフル弾じゃ、普通のシャベルカーだって破壊するのは難しいぞ」すぐにまた別の自警団員が反論する。

「向こうはなにを要求してるんだ?」

狡噛は訊ねた。

サイモンが答える。

「この香港は比較的都市インフラが整っていたために、大量の難民が流入。そして、難民の一部は武装集団を形成し、小競り合いを続けている……ここまではもう知ってるな?」

「ああ」

「武装集団はだいたい人種国籍で分かれてる。特に強いのがパキスタン系とインド系。で、このふたつはめちゃくちゃ仲が悪い。何度も銃撃戦をやってる」

「なるほど。あんたはインド系グループの重要人物を治療してる、と」

「そうだ。かなりエグい銃創で、今はまだ動かせない。それを向こうは欲しがってる」

「じゃあ、インド系グループに応援を頼めば……」

「以前ならそれも良かったろう。しかし、あのドローン・テクニカルを見たろう？」サイモンは眉間にしわを寄せた。「インド系も守りに入ってるはずだ。もう、さっさとパキスタン系との縄張り争いを諦めたかもしれない……」

「いっそ、インド系の幹部を渡しましょう。自警団や病院の未来が重要です」

と、自警団員。

「だめだ」サイモンはきっぱりと否定した。「一度渡せば、他のグループも俺たちのことを侮るようになる。今まで築いてきたものがすべて無駄になる。俺たちは脅しには屈さない……そのことを、思い知らせてやるんだ」

サイモンの言った通りだ、と狡噛は思う。こちらが一歩でも退いたら、悪党は二歩三歩と踏み込んでくる。

「こっちには、もっと強力な武器がある」若い自警団員が声をはりあげた。「あれを上手く使えば……！」

「数は限られてる」と、サイモン。「ワンチャンスになるぞ」

「もっと強力な武器って？」狡噛はそれが気になった。

サイモンがにやりと不敵に笑う。

「武器庫をのぞいてみるか？」

自警団宿舎、一番奥の武器庫には、ライフルを中心に武器が多数並んでいた。その中で狡噛が興味を持ったのは、やはり対戦車ロケットだ。

69式火箭筒。

つまり、中国製のRPG-7。

弾頭を発射機にはめて、狙いをつけて、引き金を引く――単純な構造。その単純な構造ゆえ性能に安定感があり、故障も少なく、誕生からおよそ一五〇年を超えてもまだ世界各地の戦場で使われ続けている。

中国製RPGには、キャリングハンドルと折りたたみ式二脚がついている。

「いいじゃないか。よく残ってたな……」

狡噛は中国製RPGを手にとった。よく整備されている。すぐにでも使えそうだ。

「中国じゃ、つい最近まであっちこっちの工場で作ってた」とサイモン。

狡噛は微かに目を丸くして、

「こんな骨董品をか！」

「日本以外は、技術力の進歩が何十年も止まってるからな」

「弾は？」

「成形炸薬弾頭が二発だけだ」

「一発外したら終わりか……難しいな」

狡噛は自分の携帯端末を操作した。日本を出る際に、詰め込めるだけのデータをダウンロードしておいた。携帯端末は手首に巻けるくらい小さいが、一昔前のスーパーコンピュータよりも性能がいい。オフラインでも十分にデータベースとして機能する。検索したら、すぐにRPGの使い方・説明動画が出てきた。

「もう一個、切り札があるには、ある」

サイモンが言った。

「見せてくれ」

「あっちだ」

狡噛とサイモンは、病院に近い立体駐車場に足を運んだ。

「あれ」と、サイモンが指差す。

立体駐車場の一階。なにやら大型車両らしき物体に、青いシートが被せてある。ただ被せてあるだけでなく、鍵付きの鎖で封までしてある。

サイモンが鍵を外して、そのシートを取り払った。狡噛は思わず、低くうめく。

「戦車か……！」

「人民解放軍の二〇三〇年モデル」

サイモンは続けて言う。

「30式水陸両用戦車」

サイモンは、直線的なデザインの水陸両用戦車をコンコンと叩いた。

「五二口径一〇五ミリ・ライフル砲。重量三七トン、一千馬力のディーゼル・ハイブリッドエンジン。後部にウォータージェット推進装置。両サイドに可変フラップ」

「一〇五ミリ！」

狡噛の目が輝く。その砲なら、本来工事用のドローンなんて簡単に撃ち抜ける。

「今でも砲は使えるし、弾も余裕がある。ただし、足回りの無限軌道……履帯がぶっ壊れてる」

そう言って、サイモンが戦車の壊れた履帯を蹴った。

「じゃあ、ただの固定砲台か……」狡噛はため息をつく。

「ここから動かせないから、さすが使い道がない……」

「自動車の油圧ジャッキはあるか」と狡噛。

「それくらいなら」

「ひとつやふたつじゃない。一〇トン級の大型油圧ジャッキを最低四つ」

「……なんとかなる、と思う。どうするつもりだ？」

本当は油圧ジャッキはいくつも同時に使うようなものではないのだが、この際、そんなことは言っていられない。

「まず、鋼鉄製の台車を作る。長い板状のものをふたつ。なるべく分厚く、頑丈に作る。車輪は鉄の棒を並べたような壊れにくいやつ。戦車を持ち上げて、作った台車を下にさしこむ」

「人力で運ぶのか。そんな台車は、いくら頑丈に作ってもすぐにぶっ壊れるぞ」

「ギリギリ、俺の指定するポイントまでもてばそれでいい」

「オトリになる気だな……！」

「俺にぴったりの仕事だ」狡噛は微笑んだ。

自警団の連中は若く、身体能力も高い。しかし、足の速さやジャンプ力で狡噛に勝るものはいない。

「それはダメだ」サイモンが口をへの字に結ぶ。

「俺以外の誰にオトリが務まる？」

「わかった……じゃあ俺も同行する。対戦車ロケットを使うんなら、二人組がいいだろ？」

「まあ、そうだが……」狡噛は渋い顔をした。本当はサイモンには安全な場所にいてほしかったが……相棒がいれば助かるのは確かだ。「前に出るな」と言って素直に従ってくれるような男ではない。彼の同行を認めるしかなかった。「ところで、この戦車。誰が大砲を使える？」

「自警団の若手が担当しよう。ただし、一発も実際に撃ったことはない」

「……はあ?」

狡噛は自分の耳を疑った。

「この戦車には訓練用のシミュレーター機能がついてた。それでずっと遊んでたゲーム好きの連中がいる。そいつらなら手順は完璧だが……わかるだろ。動けない戦車が、どうやって試し撃ちするんだ?」

「……相手は重装甲重武装のドローン・テクニカルに、ライフルで武装した集団。対戦車ロケットの弾は二発……」狡噛は呆れたようにつぶやく。「履帯が吹っ飛んだ戦車に、手作りの台車。戦車の移動は人力。ゲーム好きの砲手、実際に発射した経験はなし……」

「やめるか?」

「いや、言うことなしだ。やろう」

7

敵は重大なミスをおかした。

「明日の午前一〇時まで待つ。こいつの相手がしたくなかったら、ネイザン・ロードの公園に例のインド系を連れて来い。遊泳池近くの広場だ」

あのタイミングで場所まで指定する必要はなかったのだ。おかげでこちらには、ドローン・テクニカルがどこにいるのかわかる。作戦が組み立てやすい。敵は圧倒的な戦力差に酔っ払って、正常な判断力を失っている。

——それとも、最初からそこまで頭が回る連中でもなかったか。

自警団の若者たちが、戦車をのせるための台車を作り始めた。最初は自警団だけだったが、すぐに周囲の住民や難民キャンプの子どもたちまで手伝いに集まってきた。誰もが、病院と自警団のために必死だった。自警団の誰かが叫んだ——サイモンのために！　仲間たちのために！　そして、他の誰でもない自分自身のために！

サイモンが台車作りの指揮を執った。「いいか！　この時代、戦わない人間には居場所さえないんだ！　自分の居場所は自分で守れ！　ただ、それが上手くいくように手伝うのは俺の仕事だ！　医者として、死体以外にはベストを尽くす！　死体を増やすようなやつは俺が殺す！」

——改めて、無茶な医者もいたもんだ。

狡噛は、夜のうちに何度も偵察に出かけた。道案内をしてくれたのは、ユン少年だ。このあたりなら、子どもたちは裏道にも詳しかった。

「サイモンを支えてくれよ、日本人のおっさん！」

ユンに笑顔でそう言われて、狡噛は密かに傷ついた。いつまでも若者のままではいられないとわかってはいても、子どもに面と向かって「おっさん」と呼ばれると、思っていたよりもダメージが大きい。

携帯端末で公園周辺の地形を３Ｄマッピング。移動経路や戦闘手順を確認。

ひとけが少なく、なるべく誰かを巻き込む可能性がない「逃げ道」を選んでおく。

戦車をどこのポイントに移動させるかも決めた。

——そして、再び宿舎で作戦会議。

「どのタイミングで戦車を動かす？」とサイモン。

「あまり早く前に出すと、敵に気づかれる」考えながら狡噛は答える。「ギリギリまで、俺の指示を待ってくれ」

「ひでえバクチだ」サイモンが苦い顔をした。

「バクチは嫌いか？」

「バクチなんて手術だけで十分だよ、まったく」

狡噛とサイモンは、ふたりで中国製ＲＰＧの照準器をチェック。

ＲＰＧには、標準でオプティカルサイトがついている。

「…………」

狡噛はサイトを覗きこんだ。

一〇〇メートル単位で射程の目盛りが、一〇ミル単位でリード修正横尺が刻んである。車高二・七メートルの戦車を想定し、射程距離計算用の目盛りもついている。

「この照準器はどの程度信頼できる?」

「わからない。地元の工場で組まれた雑な造りだから、照準通りに飛ばない可能性は高い」

「不安要素だらけだ……」

「とにかく、『あるもの』で我慢だ」

狡噛は携帯端末に中国製RPGのデータを入力。

携帯端末には3Dマップと連動した測距機能や風力測定機能もついているので、狙撃や砲撃の際に役に立つ。


台車が完成した。鉄道車両の運搬に使う台車のように、無骨で大きかった。

サイモンの「せーの!」というかけ声で油圧ジャッキを使い水陸両用戦車を持ち上げて、一〇人がかりで台車を下に滑り込ませる。

バキン! と大きな音がして、油圧ジャッキのひとつがぶっ壊れた。

「あっ!」

戦車が転倒する——かと思われたが、台車がすでに履帯の真下に入っていたので無事だった。一瞬で冷や汗が噴き出したが、これで一安心だ。

8

戦闘準備の夜が明けた。朝の輝きがモンコックを明るく照らし出す。この街は、夜と朝で性格を変える。猥雑そのものといった感じの夜。どこか閑散とした、祭りの後始末をしているような空気の朝。陽光でビルの影が長く伸びる。

八階建て警察署の屋上から、狡噛とサイモンは公園を見下ろす。狡噛は背中にM14EBR、肩から中国製カラシニコフ、腰のホルスターにはリボルバー拳銃のフル武装。サイモンが中国製RPGとその弾頭二発を持ち運んでいる。

警察署といっても、現在はほとんど使われていない。警察が機能停止し、そこに難民が入り込み、しかし付近であまりにも銃撃戦が多いので今は廃墟になっている。

朝の午前九時。パキスタン系武装集団は、すでに公園の広場に集まっていた。チュインチュインと駆動音を立て、厄介なドローン・テクニカルも待機している。

サイモンが布を敷き、その上に中国製RPGの発射機や弾薬類を並べた。

狡噛は弾頭を手に取り、推進薬パーツをねじ込む。完成した弾頭を発射機にセットし、信管の安全クリップを外す。

作業中に、サイモンが話しかけてきた。

「日本では、生き方をすべてシステムに指示されるって本当なのか？」

「本当だ。恋人まで選んでくれる」

「すげえな。日本人は未来に生きてるな」

「シビュラシステムに不満があったのは確かだ。自由がなかった」

槙島を追うことを許されなかった——あの決定的なシステムとの決別。

「だが……日本を飛び出して……今はもう、なにが正しいのかよくわからない。よくわからない、が……」

狡噛はＲＰＧのハンマーを下げてコッキング。

安全装置のボタンを押す。

これで、あとはトリガーを引くだけだ。

「あそこに、破壊しなきゃいけないものがある。守るべきものがある。こういうのはいいな……すごく心が落ち着く」

「コーガミ……」

「いくぞ、無線で指示を」

「……わかった」

作戦開始だ――サイセンが無線機で指示を出して、自警団が戦車を「押し」始める。駐車場から表通りの見晴らしがいい場所まで動かして、ドローン・テクニカルを待ち構える予定だ。

一番楽なのは、このままRPGだけで仕留めてしまうことだが……。

「一発目は俺が撃つ」とサイモン。

「任せた」

狡噛はRPGを二脚で設置し、横に転がって射手をサイモンに譲った。サイモンが寝そべってグリップを握りしめ、オプティカルサイトで狙いを定める。伏せ撃ちの姿勢。

狡噛は携帯端末でドローン・テクニカルまでの距離と風力を測定。サイモンの射撃をサポートする。

「距離二〇〇。風速一〇。縦を二の目盛り、横尺を一・〇で狙え」

「了解」

後方四五度、三〇メートルが後方爆風《バックブラスト》の危険界だ。狡噛はその危険界を意識しつつ、サイモンの横に伏せる。

「いいぞ」

「発射する」

サイモンがトリガーを引いた。鼓膜を引き裂くようなすさまじい発射音。発射の衝撃で、狡噛の肌がビリビリと震えた。

弾頭は、ドローン・テクニカルには当たらなかった。

大きく斜め上にずれて、弾頭は雑木林で爆煙を巻き起こす。

――サイモンのせいではない、おそらく発射機そのものの歪み、照準器の狂い。

「二発目は俺がやる!」

「頼む、コーガミ!」

サイモンが横に転がった。かわりに、狡噛が伏せ撃ちの位置につく。

パキスタン系の武装集団が騒ぎ始めた。もう時間がない。

サイモンが発射機の先端に新しい弾頭をこめた。

狡噛は中国製RPGからオプティカルサイトを取り外した。

そのかわり、アイアンサイト――発射機に最初からついている金属製の原始的な照準装置――で敵に狙いをつけた。中国製には、オリジナルと違ってアイアンサイトにも横風修正用の調整尺がある。風速一〇メートルぶん尺を横にずらして、発砲。

金属を貫通する音と、爆発音が、ほぼ同時に響いた。

ドローン・テクニカルに、成形炸薬弾が命中したのだ。

成形炸薬弾は、命中するとメタルジェットを発生させる。超高圧で装甲を破壊する。

「ユゴニオ弾性限界の成果はどうだ？」と、狡噛は目を凝らす。

「なんだそれ」

「兵器に関わる物理学だよ」

成形炸薬弾は、ドローン・テクニカルの胴体に突き刺さっていた。その巨体が大きく揺らぐ。徐々に爆煙が晴れて、そして——。

「くそっ！」

狡噛は舌打ちした。ドローン・テクニカルの胴体に穴が開いていたが、まだ動いている。仕留め損ねた。もうＲＰＧの弾頭はない。保険の戦車を使うしかない。

ドローン・テクニカルが、狡噛たちの存在に気づいた。二基の重機関銃が火を噴く。一二・七ミリ口径——人間をバラバラに破壊できる破壊力の嵐だ。警察署の壁がたちまち穴だらけになり、鉄柵が砕け散る。

「逃げるぞ、サイモン！」

ＲＰＧの発射機は捨てて、狡噛とサイモンは駆け出した。

大量の弾丸が間近を通過した。

警察署屋上の鉄柵に、降下用のロープが用意してあった。高所からの懸垂降下《ラペリング》。専用の金具《カラビナ》でロープを自分の体に接続し、屋上から飛び降りる。ロープは腰の後ろを通し、両手で速度をコントロールする。

どんなにロープをしっかり握っていても、急加速に身をゆだねるのは気持ちのいい行為ではない。胃の裏側がゾワゾワするような落下感のあと、狡噛とサイモンは着地する。

ドローン・テクニカルが、四本足ではなくクローラーでの移動を開始した。ギュルギュルと耳障りな音を立てて、追いかけてくる。工業用を無理やり改造したシロモノとはいえ、初歩的なセンサーはひと通りそろっているようだ。

ドローン・テクニカルの動きは、ボールを追う犬のように動物的だった。

搭載された人工知能がおそまつで、単純な戦闘用アルゴリズムに従っているだけなのだ。

(……まあ、日本以外の国家の技術力を考えれば、敵味方を間違えないだけでも大したものなのだろう)

そのおそまつな人工知能をフォローするために、何人かが遠隔操作用のリモコンを所持している——そんなところか。

ここからが厄介だ。狡噛たちは、指定の場所まで逃げ切らないといけない。

「こちらの待ち伏せポイントまで直線でおよそ一・五キロだ!」狡噛は叫んだ。

「長い一・五キロになりそうだな……!」サイモンがうめくように言った。

ただ逃げるだけでもダメだ。

完全に逃げ切ったら、ドローン・テクニカルがついてこない。

オトリとして、適度にひきつける必要もある。
サイモンの言った通りだ——「長い一・五キロ」。

狡噛とサイモンは、モンコック方向へ疾駆する。

路上に放置された廃車を踏み潰し、多数の看板を吹き飛ばし、ドローン・テクニカルが通りに出てきた。そして、重機関銃の連射。たまらず、狡噛たちは横道に逃げ込んだ。流れ弾で、廃屋が蜂の巣になる。吹雪のように破片が舞い散る。

付近の住民は、武装集団と自警団との間にきな臭いものを感じ取っていたので、ほとんどが避難を完了していた。

横道の曲がり角から、狡噛は身を隠しつつM14EBRライフルを撃った。

スコープは使わず、立ったまま半自動の連射で四発。

マトが大きいから、当てるのは簡単だ。

ドローン・テクニカルの正面で美しい火花が散った。

ライフル弾が装甲を貫通することはないが、これはドローン・テクニカルを「ついてこい」と挑発するのが目的だった。

シャンハイ・ストリートを抜けて、ジェイド・マーケットへ。

ジェイド・マーケットには、翡翠《ひすい》製の雑貨を売る屋台が並んでいた。今時珍しいアクセサリーの市場が、重機関銃の弾丸に蹂躙《じゅうりん》される。爆散した翡翠が煌く。

ドローン・テクニカルが、グレネードランチャーを撃った。

四〇ミリの対人榴弾が、狡噛とサイモンの頭上を通り越えて前方で爆発する。

「――ッ！」

9

自警団員たちが、台車に載せた水陸両用戦車を押している。

台車があっても、戦車は三七トン。人力で運ぶのには無理がある重量だ。これだけの重さがあると、たとえ野球ボールサイズの障害物でも乗り越えるのに時間がかかる。

そこで、ユンたちの出番だった。子どもたちが、戦車の行く先を徹底的に掃除した。少しでも運びやすくなるように。みなが力を合わせて、狡噛が指定した場所へ。

「――押せッ！」

男たちの顔に玉のような汗が浮かぶ。彼らはほとんどが上半身裸だ。筋肉に血管が浮かび上がる。関節と筋肉が悲鳴をあげる。休んでいる時間はない。

「あのバケモノを仕留めるのに必要なんだ……！　押せッ！」

せーのでタイミングを合わせて、力強く地面を蹴る。

「俺たちはみな、一度はサイモンに命を助けられてる！　俺たちが一度くらい役に立ったほうがいい……！」

戦車が、巨大な亀のようにゆっくり進んでいく。

ゆっくりでも、確実に、一歩ずつ前へ。

10

「無事か、サイモン……？」

榴弾の爆発後、狡噛は立ち上がった。運良く、かすり傷程度ですんだ。

しかし、サイモンは違った。

「しくじった……！」

彼の足──右の太腿に、榴弾の破片が深々と突き刺さっている。

「歩けるか……？」

「破片を抜かないと無理だ、が……」

「抜いたら失血死か」

狡噛は言った。大きな破片を抜くと、傷ついた動脈から一気に血が流れ出す危険性が高い。体に深く刺さったものを抜くには、それなりの時間が必要だ。

狡噛は、サイモンの右腕を左肩に担いだ。彼の体重の半分を支えて、再び駆け出す。

「俺を置いていってくれ」

「あんたが死んだら、あのデカブツ倒したところで無意味なんだよ！」

狡噛は、サイモンを支えて近くの廃屋に逃げ込んだ。椅子や机を蹴り飛ばし、建物のなかを進む。そのままふたりは、窓をぶち破って向こう側の通りへ。

狡噛は、息があがってきたのを自覚した。体格のいい成人男性を担いで走るのは、体力の消耗が激しい。それでも、立ち止まることはできない。

クローラーがコンクリートや木材を踏み潰すすさまじい音がした。

廃屋を破壊して、ドローン・テクニカルがまた迫ってくる。

狡噛たちは重い足取りで逃げる。

一歩進むたびに、サイモンが苦痛で顔を歪めた。

徐々にドローン・テクニカルとの距離が縮まり――。

「ふぅ……」

とうとう、狡噛は立ち止まった。

サイモンをゆっくりと地面におろす。

ドローン・テクニカルも足を止めた。

絶望的な状況で、狡噛はすべてを諦めたように見える。

ドローン・テクニカルの重機関銃が狡噛たちに銃口を向ける——。

「…………」

「……バカめ」

狡噛は素早くライフルを構えて、引き金を絞った。

すべて計算通りだ。

戦車での待ち伏せの他にも、狡噛はいくつか対ドローン・テクニカル用の「トラップ」を用意していた。

今、ドローン・テクニカルのすぐとなりに、ブルーシートで覆い隠された山積みのガソリン缶があった。昨晩、自警団に手伝ってもらって密かに設置しておいたもののひとつだ。

ガンガンガンと金属音が響く。

狡噛が放ったライフル弾がガソリン缶を撃ち抜き、たちまち引火した。

ガソリンは常温で気化し、しかも引火点が低い。

燃える絨毯《じゅうたん》を思わせる大爆発が、ドローン・テクニカルを包み込む。炎の精霊が舌でな

めるように装甲を炙《あぶ》る。

熱風と刺激臭が、狡噛たちのいる場所まで漂ってきた。

「今のうちだ……!」

狡噛はライフルをスリングで背中に回し、サイモンを担いでさらに逃げる。

ガソリンによる爆発炎のなかから、ドローン・テクニカルが平然と姿を現す。

もちろん、狡噛もガソリンで倒せるとは思っていなかった。

あの手の機械は延焼に強い。

(これでいい)

——ガソリンは、あくまで目眩ましだ。

ドローン・テクニカルが炎に巻き込まれた隙に、狡噛たちはネイザン・ロードに戻った。

狡噛は、自分の汗とサイモンの血で濡れていた。脂っこい汗が気持ち悪くて、一刻も早くシャワーを浴びたい気分だ。

道路の真ん中に、故障した二階建てバスがひっくり返ったまま放置されていた。徒歩の人間なら簡単に脇を抜けられるが、ドローン・テクニカルのサイズだとそうはいかない。

クローラーから四本足での移動に切り替えて、バスを乗り越えようとする。

狡噛はサイモンとともに、伏せた。

ここそが指定のポイントだった。

ほんの一五〇メートル先に、人力で押してきた戦車が待機している。間に合ったのだ。

中国軍、水陸両用戦車の主武器——一〇五ミリ砲。

戦車に乗り込んだ自警団の若者が、コンピュータ制御の射撃統制装置に従って、一〇五ミリ砲の狙いをドローン・テクニカルに定めた。自警団の臨時戦車長は、タッチパネルの統合型情報表示装置で照準を確認。臨時砲手が使用弾種を射撃統制装置に入力。足回りこそ完全に壊れていたものの、砲の整備は万全。

「よし！」

戦車が砲弾を発射した。

雷鳴に似た砲声——周囲に土煙を巻き起こす衝撃波。

使用弾種はＡＰＤＳ——分離装弾筒式徹甲弾。装弾筒と弾体で構成された砲弾だ。

発砲後、装弾筒は分離して、弾体だけが敵に向かって飛んでいく。装弾筒のおかげで、運動エネルギーが無駄なく対象に集中する。

どんなに改造しても、しょせんは民間のドローンだ。

対戦車徹甲弾の直撃には、ひとたまりもなかった。

狡噛たちは、巻き添えを食わないように物陰に転がっていった。

戦車の砲弾は、ドローン・テクニカルを完全に貫通。

ボコン、と胴体部分にまっすぐ大穴が開いて、次の瞬間、内側から膨れ上がるように破裂する。中心を失った四本足が崩れ落ち、やがて完全に動かなくなった。

「やったな」

改めて、狡噛はサイモンを肩に担ぐ。

「お前のおかげだ、コーガミ……」

「違うな。チームワークの勝利だ」

「いいか。チームワークってのは、先頭を走るやつがいないと生まれないものなんだ」

「…………」

そういうものなのかもしれない。だが、狡噛は別にヒーローになりたくて戦っているわけではない。サイモンに褒められても困るだけだ。

――ヒーローになりたくて戦っているわけではない？

狡噛のなかで自問自答が渦巻く。じゃあ、なんのために戦っているんだ？　病院のため？　自警団のため？　難民キャンプのため？　そのどれもが正解であり、そのどれもが少しずれているような気がする。

（日本にいたころは良かった）

自分を刑事とはっきり定義できた。今思えば、天職だったのだろう。

――今の俺は、なんなんだ？

11

ドローン・テクニカルとの戦いから二週間後――。パキスタン系武装集団は、サイモンの自警団に手出しをするのをやめた。パワーバランスの変化を敏感に察知して、多くの若者が新たに自警団に集まってきた。しばらく狡噛はサイモンのよき相棒として働いていたが、やがて再び旅支度を整える。

「行くのか」

「ああ」

ある日の早朝――狡噛は人目を避けるように出発した。このことを事前に伝えたのは、サイモンひとりだけ。見送りにきたのも、当然、彼ひとりだけ。別れ際に湿っぽくなるのはごめんだった。

「このあたりは……サイモン。あんたがいれば十分だろう」

「そんなことはないんだが……まあ、お前の決断は尊重する」と、サイモンはおどけた調子で大げさに肩をすくめる。「システムとやらが支配する日本とは違う。人間の社会は自由だ」

「東南アジアのほうで、日本製の軍用ドローンがわるさをしているという噂を聞いた」狡噛は言った。「一度そんな話を聞くと、放っておけなくてな……」

「お前は一種のワーカホリックだ。敵がいないと始まらない」

「一生、仕事を続けるよ」

「それが結果的に人のためになる」

サイモンは、狡噛の背中を叩いて送り出した。

「いつでも香港に戻ってこい。お前なら大歓迎だ」

「ありがとう。ケガをしたら治してくれ」

「お安いご用だ。ただし、死人をよみがえらせることはできない。俺はラヴクラフトの小説に登場するような死体蘇生者にはなれない」

「そこまで世話になる気はないよ」

狡噛は笑った。携帯端末の翻訳機能を切って、別れを告げる。

「……再見《ツアイツエン》！」

——旅をしなければいけない。

今の自分は、いったいどういう存在なのか。

日本人の元刑事が、この荒れ果てた世界で、なにをすればいいのか。

狡噛はヴィクトリア・ハーバーで高速ボートに乗った。漁船を改造して客席を追加した渡し船だ。他に客はいない……かと思ったら、見覚えのある人物が平然と座っていて変な声が出そうになった
槙島聖護が、そこにいた。

トマス・モアの『ユートピア』を読んでいる。

あの日以来、狡噛は槙島の幻覚をよく見るようになった。

それがつまり、「呪われる」ということなんだろう。

宜野座や常守の思いを裏切って——人生を棒に振るほどこの男にのめり込んだ代償だった。

狡噛は槙島の隣に腰を下ろした。

槙島は手にした本のページをめくり、つぶやく。

「……『かように、もともとお国の繁栄の基になっていたものが、実際はお国を亡ぼそう

としているわけですが、これも元はといえば、少数の人間の途方もない貪欲からなのです。食料品の値段が暴騰したため、誰も彼も、出来るだけ家の口数をへらし、交際を狭くし、召使を追い出そうとします』……」

槙島は静かな微笑を浮かべている。

「『根性のしっかりした勇気のある連中なら、もっと気のきいた仕事を始めます。つまり泥棒をやるのです』」

「………」

狡噛は天を仰いでため息をついた。

「……俺は生きたまま地獄に落ちて、頭がおかしくなったのかもな」

「こんな世界で、正常であることに価値なんてないさ。そもそも正常と異常の間に線を引く基準の前提が間違っている可能性が高い」

「俺は貴様とは違う。泥棒になんかならない」

「泥棒じゃないけど、殺人者だ。似たようなものだよ。……地獄でいいじゃないか。どんな世界にも楽しみはある」

「楽しくない旅になりそうだ」狡噛は苦い顔で言った。

「幻覚症状は統合失調症のおそれがある」と、槙島は本を畳む。「トランキライザー系の抗うつ剤、精神安定剤を服用すれば落ち着くだろう。ぼくのことがそんなに嫌なら薬で追い出せばいい……」

「せっかくシビュラシステムの管理下を離れたのに、もうメンタルケアなんかしたくねぇよ」

「きみは実に難儀な性格をしている」

槙島は、やれやれといった感じで頭を振った。

「お前にそれを言われちゃおしまいだな……」


〈おわり〉

参考文献

『ディフェンス』ウラジーミル・ナボコフ　若島正翻訳　河出書房新社
『砂の女』安部公房　新潮文庫
『共感覚者の驚くべき日常』リチャード・E・シトーウィック　山下篤子翻訳　草思社
『暴力はどこからきたか　人間性の起源を探る』山極寿一　日本放送出版協会
『コンバット・バイブル2』上田信　日本出版社
『ユートピア』トマス・モア　平井正穂訳　岩波文庫

あとがき

　読んでくださってありがとうございました。「ＰＳＹＣＨＯ‐ＰＡＳＳ サイコパス」のスピンオフ作品となります。アニメの世界観をより深く掘り下げるための物語です。シビュラシステム運営下における格闘技興行、肉体強化アスリートたちの世界。潜在犯たちの暴力性。そしてボーナストラックというには少し長めの狡噛慎也逃亡の記録。槙島事件後どう逃げて、ＳＥＡＵｎにたどり着くまでどんな旅をしていたのか。少しでも楽しんでいただければ幸いです。

　掘り下げたかったのは世界観だけではなく、やはり登場人物たちです。公安局刑事課一係。彼らがどんな事件を解決してきたのか？　機会があるかどうかはわかりませんが、唐之杜志恩と六合塚弥生がなにかとんでもない事件を解決する話を僕もやってみたくはあります。「ＰＳＹＣＨＯ‐ＰＡＳＳ サイコパス」のスピンオフ作品にはもちろんどれも（吉上先生版、桜井先生版など）目を通していて、この本を書く大きな推進力となりました。特に全体的な世界観の補強に関しては、吉上亮先生の緻密な設定構築力にとても刺激を受けております。これも、集団でなにかひとつの作品に関わっていくことの醍醐味だと思います。

また、監視官時代の狡噛、そして公安局刑事課三係を描写するにあたっては、後藤みどり様が脚本を執筆されている漫画「ＰＳＹＣＨＯ－ＰＡＳＳ サイコパス 監視官 狡噛慎也」（マッグガーデン刊）を参考にさせていただきました。後藤みどり様には、三係刑事たちの細かいセリフ回しなどもチェックしていただき、本当に感謝です。

シリーズ一期、新編集版、劇場版と脚本を書かせていただきました。他にも、「ＰＳＹＣＨＯ－ＰＡＳＳ サイコパス」関連では朗読劇やドラマＣＤも。ずいぶんたくさんやったなあ……としみじみします。これから先の「ＰＳＹＣＨＯ－ＰＡＳＳ サイコパス」がどうなっていくかはわかりませんが、これからもよろしくお願いいたします。

深見真

奥付

2015年4月25日 第1刷発行

PSYCHO-PASS LEGEND
執行官 狡噛慎也
理想郷の猟犬《ユートピア・ハウンド》

原作 PSYCHO-PASS サイコパス
著者 深見真
発行者 保坂嘉弘
発行所 株式会社マッグガーデン
〒102-8019 東京都千代田区五番町6-2 ホーマットホライゾンビル5F
（編集）TEL:03-3515-3872 FAX:03-3262-5557
（営業）TEL:03-3515-3871 FAX:03-3262-3436
表紙イラスト Production I.G
イラスト Production I.G×Nitroplus
原作ロゴデザイン 草野デザイン事務所
装丁 シンシア
印刷・製本 凸版印刷株式会社
サイコパス 公式サイト psycho-pass.com

ISBN978-4-8000-0449-9 Printed in Japan